La última (es)cena

La Grieta

Gazir Sued

La última (es)cena

La Grieta

® ©Gazir Sued 2001

Primera edición impresa 2016

Editorial *La Grieta*
Lirio #495 Mansiones de Río Piedras
San Juan, Puerto Rico - 00926
Tel. 787-226-0212

Correo electrónico: gazirsued@yahoo.com
gazirsued@gmail.com
http://www.facebook.com/gazir

ISBN 978-0-9763039-6-1

Índice

La última (es)cena
Parte I

Intermedio

Parte II

Parte III

Nota editorial

La obra teatral y cinematográfica *La última (es)cena* –escrita, dirigida y producida por Gazir Sued- subió a escena tres funciones en el Teatro de la Universidad de Puerto Rico, del 2 al 4 de abril de 2008. La versión original ya había sido escrita ocho años antes, titulada preliminarmente *Cuentos de cementerio*. Pero, como es propio a la suerte de toda obra creativa y sus relaciones con las poderosas condiciones impuestas por la realidad, fue objeto de numerosos retoques y ediciones hasta el momento en que subió a escena. La versión publicada en 2016 es el libreto final tal y como se presentó en el teatro hace ocho años, organizado por el *Taller Experimental de Cine y Teatro Alternativo* y el proyecto *La Grieta*. Como parte de la puesta en escena teatral se proyectó simultáneamente una película que ambientaba y contextualizaba, introducía y daba seguimiento a la vida de los personajes de la obra en sus tres movimientos principales. En esta publicación se integran fotografías tomadas principalmente de la película, también realizada en todas sus dimensiones creativas y técnicas por el autor. La adaptación del libreto teatral a guión de cine –que fue rechazada por la Corporación de Cine de Puerto Rico en 2009- la excluimos de esta primera edición por consideraciones económicas.

Es preciso apuntar que, a pesar de que el contenido crítico de la obra fue originalmente ficcional, durante el proceso de su realización una parte sustancial fue tomando un carácter cada vez más realista. Para conservar íntegra alguna parte de la historia que conforma la realidad tras bastidores, publicamos como preámbulo de esta edición la hoja suelta que fue repartida al público que asistió a las funciones. El escrito denuncia algunas de las trabas institucionales y de las actitudes ruines que entorpecieron la realización de la obra. Por entender que se trata de problemas que van más allá de las mezquinas personas que en aquel momento los ocasionaron, en esta primera edición omitiremos sus nombres…

Unas palabras antes de la función

...quiérase o no, cada vez que ideas como ésta se dan al intento de hacerse realidad, se pone en juego mucho más que una puesta en escena. El resultado será siempre el saldo de cuanto se haya hecho, pero más aún, quizá, de todo cuanto se dejó de hacer... Espíritus estreñidos, voluntades mezquinas, burócratas y usureros, hipócritas y envidiosos tienen sus partes protagónicas en este gran teatro de la vida, en la realidad tras bastidores. Inexcusable, frustrante y doliente es la realidad enmascarada tras este evento que hoy presenciaremos...

La realización del Arte, en cualquiera de sus dimensiones, no puede pensarse posible si el dinero es el principio que lo anima, que condiciona cada movimiento de su creación y a la vez constituye su finalidad exclusiva. Mañana será la última función y entre todas apenas dará para cubrir los costos de arrendamiento del Teatro, el salario de los técnicos y el alquiler de equipo. La administración del Teatro de la Universidad como empresa privada tiene por principio generar capital antes que facilitar la creación cultural y su realización. Lo evidencia los costosísimos precios por arrendamiento y las condiciones de contrato. Los técnicos privados que nos vimos forzados a contratar como condición para arrendar el Teatro incluso ya han amenazado con sabotear la obra si no se les paga de antemano. Y así, la lista de quienes nos entorpecieron el camino, nos negaron ayuda o nos imposibilitaron trabajar, se extiende brutalmente de inicio a fin.

Instituciones públicas como la Corporación de Cine y el Departamento del Trabajo rechazaron nuestra propuesta y ni siquiera se dignaron en darnos audiencia para presentarla en persona. Los bancos nos ignoraron. El Instituto de Cultura Puertorriqueña, por varios años ignoró nuestra propuesta, y apenas un mes antes de la producción aprobó diez mil dólares, que cubre una ínfima parte de los costos de la producción. Aunque la Universidad de Puerto Rico "auspició" formalmente el evento, la realidad es que en la práctica sus funcionarios oficiales se negaron a colaborar de buena fe y algunos hasta se empeñaron en joder cuanto pudieron. Al director del Teatro le solicitamos que nos permitiera realizar al menos alguna lectura previa a los ensayos mientras el Teatro estaba desocupado y su insensible respuesta fue como la de cualquier burócrata capitalista: "si quieres usar el Teatro, paga por él." La directora de Actividades Culturales se negó a prestarnos unas tarimas para escenografía, aunque estaban pudriéndose sin uso alguno en un almacén bajo su custodia. Tuvimos que construir las nuestras. La directora de Radio Universidad se negó a permitirnos filmar en una cabina, aunque no se usa la mayor parte del día. Filmamos ahí porque nos colamos. El Director del Centro Universitario abría el local que teníamos para ensayar cuando le daba la gana, porque "tenía otras prioridades". Las demás veces teníamos que brincar la verja para ensayar…

Así como enfrentamos los más absurdos obstáculos durante los ensayos, la misma experiencia aconteció durante las filmaciones de la película. El párroco de la Iglesia de la Plaza de Río Piedras nos botó de su casa privada de Dios; la policía nos sacó varias veces del Cementerio de San Juan y también nos botaron del Tren Urbano. En todas partes, los permisos tenían su costo elevadísimo en dinero, que no siempre podíamos pagar…

Aunque paradójico, en estos tiempos parece que la Cultura conspira contra el Arte, la Ley se troca impedimento para su realización y las razones institucionales y las gentes que las encarnan, en enemigos mortales de la creación cultural y sus artes; del cine, que a duras penas construimos para hacerlo valer; y del teatro, que a pesar de los pesares, lo hacemos aparecer. Me pregunto si acaso es el capitalismo el gran mal de estos tiempos, o acaso son las gentes que lo encarnan, que afilan sus garras y dan vida inmortal a sus venenos…

En este escenario de época, de insensibles razones de ley, de excusas y arbitrariedades, en fin, de mala fe, hemos tenido que abrirnos el paso entre transgresiones y locuras (muy lejanas de ser meramente un recurso poético, dramático o metafórico para adjetivar un lamento). Esta realidad no pertenece a la naturaleza del Teatro, al mundo del Cine o las artes, sino a la de la gente, porquería de gente, que hacen del ánimo de lucro el principio de esta realidad. Pienso que los demás, los burócratas, estorban por pura mala fe, porque no quiero imaginar que sea por razones políticas...

Sépase, sin embargo, que todo el elenco trabajó, cada cual a su manera, literalmente por amor al arte. Contra todos los obstáculos y a pesar de las mediocridades que suelen ser la resulta de tantos entorpecimientos, montamos esta experiencia de la que hoy ustedes serán testigos, y hasta disfrutarán.

Quizá lo más importante de las cosas que tienen que ver con la vida y con las artes, para bien o mal, es lo que cada cual aporte o no a ellas, ya para que sean o ya para que dejen de ser. Y así, de todo cuanto quede por decir y de entre todo cuanto falte por hacer, por lo que sea que alguna vez pueda recordarse, sépase que lo que más valor tiene y tendrá es la apuesta solidaria de esos cuantos buenos amigos que se dieron a la hazaña de realizar este gran proyecto. A quienes ya hayan asistido y los que vayan a asistir, sepan que les entregamos lo mejor que hasta ahora hemos hecho posible ser…

Y por lo que pueda valer, sirva de ejemplo en este tiempo inmediato y de esperanza en el incierto porvenir, que si la terquedad comprometida de nuestras locuras pudo realizar estas funciones, las terquedades comprometidas de todos los bien dispuestos pueden hacer posible un mundo mejor…

Agradecimientos

A mis amados amigos, a Pedro Oliveras, que aportó hasta lo que no tenía; a José Orlando, Rebecca Marrero, y Mariana Roca, que me asistieron en todo cuanto pudieron hasta el final. A Enrique Velázquez, Yanira Oliveras, Leonardo Castro, Cecilia Arguelles, a mi hermana Mía Sued y a mi padre Jalil Sued, por sus inmensos apoyos. A Mirta Jiménez, mi madre, por su arduo trabajo en la confección de las estatuas y mucho más; a Miguel Bonet, por asistirla desprendidamente. A los actores solidarios y amigos que aportaron lo suyo a sus maneras, tanto para teatro como para cine: a Ingrid Lugo, Llaima Sanfiorenzo, Alberto de Jesús, Maraida Cabrera, Michelle Rodríguez, César Pacheco, Albanaí Valentín, Abderramán Brenes, Annette Escabí, Karim Rivera, Gibrán Velázquez, Gabriela Ruíz, Baruc Tort, Alina Badillo, Pablo Estrella, Madeline Cruz, Karim Rivera, Leli Aponte, Karmen Pérez, Tanishka Pardos, Ricardo Fors, Marcos Maldonado, Jason García, Miguel Reyes, Joseph Carrol, Eyerí Sánchez, Carolyn Kortright, Sharon Accornero, Laura S. Delgado, Adriana Iguina, Isangélica Soto, Freddy Idoña... y a los demás, entre quienes no faltará mencionar con agradecimiento especial: a las personas sin hogar, adictos, borrachos y locos de San Juan, que nos prestaron unos ratitos de sus miserias reales para subirlas a escena... A los amigos músicos, de quienes me tomé la libertad de integrar fragmentos de sus canciones para la película: Sebastián Paz, Gamaliel Pagán, Tito Auger/Fiel a la Vega, Carlos O. Fonseca, Mimi Maura, En Trance, Mike Villegas, La Uva, Rebio Díaz, Ongo. A los amigos que aportaron su parte a la producción: Rígel Lugo, Taller Cé, El Boricua, Guifre Tort, Luís Kaell, Eric Landrón, Javier Hernández, Moncho Conde...

A todos los nombrados y a quienes me quede por mencionar; a los que asistieron a la obra y a los que aún queriéndolo no pudieron llegar, un fuerte abrazo y nuestro más genuino agradecimiento.

Sinopsis

En *La última (es)cena* se desenvuelven tres historias que, aunque acontecen con relativa independencia, se entrecruzan y ligan indisolublemente. El personaje de Emil, joven escritor y guionista, convencido de que se trata de una buena idea, intenta convencer a posibles productores e inversionistas de la industria del cine para que financien la producción de su película. Las escenas escritas en su guión, imaginadas o soñadas, se materializan en el decir de sus palabras. El escenario teatral representa la película imaginada por Emil mientras describe las escenas a posibles productores, caricaturizados como personajes ficticios más no por ello menos alusivos a la burda realidad.

La historia de Emil es relatada a la vez por un cuentacuentos en su último programa radial, que antes de finalizarla será clausurado. En la proyección cinematográfica se entrecruzan y refuerzan las tres historias principales y sus hibridaciones.

El tema central de la película que quiere realizar Emil es una alegoría de la vida en la ciudad, irónica y literalmente representada desde la muerte en el cementerio. Hilo conductor éste que, aunque procura consolidar una estructura de relativa coherencia temática, e incluso cronológica, no cesa de escapársele entre eso que marcadamente caracteriza los dramas de la vida real, que son precisamente sus inconsistencias, sus incoherencias, sus evasiones; sus sinsentidos, a menudo circenses... Líneas de fuga manipuladas por el autor aparecen en escena como actos imprevisibles para las fijaciones rígidas de las fórmulas narrativas tradicionales y sus correlatos teatrales, y entrelazan y unifican el libreto bajo el signo de una obra. Entre algo de comedia oscura y de tragedia sarcástica, de sátira y tristeza, de crítica e irreverencia, de esperanza y condena se revuelven las escenas que entretejen estas tres historias...

A modo de reflexiones filosóficas existencialistas y lenguajes cruzados entre la retórica popular coloquial y el sentimiento de las poesías más profundas y oscuras, cobran vida y pertinencia muchos detalles de la vida cotidiana donde, quizás, nos sintamos representados. Son, a su manera, la puesta en escena de alguna parte de la vida nuestra de todos los días, de las imposibilidades y desencantos que la habitan, las frustraciones y desilusiones que irremediablemente nos desaniman a diario...o de vez en cuando. La vida en el cementerio es metáfora de la vida en la ciudad. La mala vida en la ciudad se vive mala en la muerte en el cementerio; sus vicios, prejuicios y vanidades, los malos hábitos y las malas mañas. Pero también las esperanzas de que, en cualquier parte, se puede vivir de otra manera...o darse al intento de hacerlo.

La obra teatral o bien la película imaginada de Emil es relatada a manera de cuento, drama y ¿tragicomedia? y trata, más o menos, de dos jóvenes, André y Camila, que después de muertos vivieron la muerte diciendo lo suyo a tiempo, al precio mortal de sus riesgos. Algo de crítica social atraviesa el espíritu de esta historia, es cierto. Pero, más que eso, las líneas llevan una invitación a cada cual a situarse y pensarse en el aquí y en el ahora, que es lo único que tenemos hasta que a cada quién bien maldiga o bendiga la muerte...

Ahí la entrada en juego de la figura de Emil, quien representa la voluntad de realizar esta historia en cine, y quien dado tercamente a su empecinada idea, enfrentará los obstáculos más difíciles de superar en la realidad: la indisposición de potenciales productores e inversionistas y, sobre todo, la retórica negadora de sus razones…

El locutor radial, su figura y voz, representa el realismo, tantas veces amargo y cruel, del devenir incierto de la vida de quienes la dedican a las artes del hacer cultura…

Elenco teatral

Jalil Sued	Locutor (cuentacuentos)
José Luís Gutiérrez	Emil
Alba Cancel	Camila
Leonardo Castro	André
Cecilia Arguelles	Mrs.$#2 y #8 / Cano
Héctor de Jesús	Mr.$#3 y #5 / Deambulante
Yoel Nazario	Mr$.#6 / Cura / Predicador
Jerry Ferrao	Mr.$#7 y #9
Joksan Ramos	Mr.$#1 y #4
Sebastián Paz	Juglar
Marinellie González	Mujer
Alex Andino	Sombra / Travesti
Yan Collazo	Monólogo del hastío
Gabriela Jiménez	Barlomé / Estatua
Sasha Ramírez	Prostituta
Patricia Ortíz	Prostituta
Onelys Carrasquillo	Moralista
Cristina Ortíz	Moralista
Kevin	Espectro
Andrea Jiménez	Espectro

La última (es)cena

PARTE I

I. PRELUDIO

*La primera escena recrea un cubículo de una pequeña emisora radial. La luz
ilumina al locutor, un cuentacuentos que narrará la historia del personaje
principal de la obra, de Emil, como si ésta se tratase de un cuento del que
nunca podremos descifrar si acaso está basada en hechos verídicos o ficticios, o
alguna combinación entre ambos extremos. Aparece sentado frente al
micrófono, terminando de organizar los papeles que leerá. Denota en su tono
de voz un cierto aire de nostalgia, de melancolía. El programa radial no
cuenta con suficiente audiencia ni auspicios. Esta historia que contará será la
última…*

*Mira el reloj. Con tono bien animado, actuando la parte del libreto que le toca
como animador de su propio programa.*

> **LOCUTOR** -Muy buenas noches, mi querida
> audiencia. Es siempre una satisfacción inmensa
> estar aquí con ustedes, una vez más, su ferviente
> amigo y servidor, este que les habla… y, como es
> de costumbre, esta noche promete una velada
> inolvidable… inolvidable…-

15

La última palabra la repite con un nudo en la garganta, pausa brevemente; tose; mira nuevamente el reloj y, antes de continuar con su ritual iniciativo, se toma la libertad de salirse de su propio libreto. Inicia tras un breve suspiro, hablándose para sí.

-...ya perdí la cuenta. ¿Cuántos años hace que vengo aquí, a la misma hora, al mismo lugar...? Recuerdo cuando todavía era un lujo del que pocos gozábamos: poder vivir en tiempo real los dramas de la vida más distante y desentendida de las vidas nuestras... vivirlos porque los escuchábamos; imaginarlos, porque no los veíamos...-

-Todavía recuerdo, sí... era niño todavía... y sus voces, sus voces traían al galope todas las imágenes, las más nítidas... porque mis ojos no estaban ahí para ponerle límites...

¡Qué lástima! Hoy parece que todo se ha vuelto al revés... o quizá no. Lo que sé es que por alguna extraña suerte la imaginación sigue siendo un privilegio del que a duras penas gozan algunos pocos... Le rehúyen con el mismo fervor con el que un perro realengo trata de escapar de la sarna que lo devora...-

Con voz pausada, perfectamente pronunciada y grave, continúa su desahogo.

-…la palabra escrita, ese cuerpo nacido casi muerto y raquítico, resucita cada vez que es leída… y la voz que lee, esa voz, la inmortaliza… Palabra leída… quien la escucha imagina… Poderoso privilegio éste, el de imaginar, que en el acto le devuelve la vida y en su aparente silencio la troca inmortal… Entonces, sólo entonces ya no se olvida…-

Un fuerte portazo lo espabila y reacciona agarrando con firmeza el micrófono, mirando repentinamente el reloj y retomando el timbre de voz inicial, el de animador-presentador de su propio programa.

-Mis disculpas queridos amigos de la audiencia, pero son los años… deben ser los años… Bueno, les prometía una noche como todas las noches, inolvidable… Pero antes, un mensaje de nuestros patrocinadores.-

Baja la intensidad de luz que ilumina su escena y reinicia la música introductoria.

La iluminación irá acrecentándose pausadamente sobre el escenario, dejando fluir la música introductoria, melancólica y triste, oscura. Músicos ensayan para musicalizar la película de Emil. Será en una barra urbana, temprano en la noche (y aún cerrada) que permanecerá actuada durante toda la obra y donde Emil entrará y saldrá entre escenas a (re)escribir su libreto. Interrumpe la música con toques de puerta. El músico será el Juglar.

    JUGLAR -¡Entra!-

Se escuchan toques de puerta más fuertes y el Músico eleva su tono de voz, pero sin gritar.

    -¡Entra! ¡Entra! ¡Está abierta!-

Emil entra con los papeles de la película en sus manos, dejando saber ue ha estado trabajando en ella. Con tono de reproche amistoso y levantándose para saludarlo con un abrazo y choque de manos:

    -Vaya, brother, al fin resucitas. Mano, que hemos tratao de conseguirte hasta en los centros espiritistas...-

    EMIL -Sí, sí chico, es que he estado bien ajorao... tú sabes.-

Combinando tonos entre preocupación amistosa y bromeando un decir que va en serio:

JUGLAR -Sí mano, pero cógete un break de vez en cuando... te ves demacrao. Recuerda la sabiduría del apóstol...-

Todo se apaga excepto la luz que ilumina al Músico, que dirige sus palabras al público.

-...la vida se nos va mientras estamos ocupaos haciendo otra cosa...-

***

LOCUTOR -Emil lo interrumpe, como si supiera del reproche por venir, y le habla con un leve tono de ajoro, no con prisa, con aire de ilusión y de cierta ingenuidad a la vez... como quien guarda alguna sospecha de su propia fe pero aún así encomienda sus suertes al cielo... o simplemente a la gente...-

***

EMIL -...esta noche tengo cita al fin con un productor...-

El Músico hace un gesto de duda maliciosa, de desconfianza burlona. Emil lo reconoce, ajorado.

-Sí, sí, yo sé... pero es la gente que tiene chavos y conexiones pa' echar pa'lante esto, tú sabes... y... no sé... pero tengo un filin de que esto le va a gustar... tiene que gustarle... la película es una buena idea... pero nada, ya veremos... me voy, que ando a pie... les cuento...-

***

LOCUTOR -Su amigo se muestra un tanto incrédulo. Chocan los puños y se estrechan las manos con fuerza, en silencio. No quiere comprometerse en su decir porque no comparte su ilusión, su ingenuidad. Emil tampoco lo mira a los ojos, quizá para evitar enfrentarse a su mirada, que lo haría poner en duda algo de su propia ilusión...-

***

Ya los músicos se han ido acomodando y comenzado a tocar mientras Emil se va yendo... la luz empieza a decrecer y la música del inicio a intensificarse, creando la imagen de un progresivo distanciamiento que se detendrá súbitamente un instante.

EMIL -Ah! ¿Y la música, cómo va...?-

El Músico, que está tocando ya con los demás, voltea la cabeza con un gesto de extrañamiento, de molestia y resignación a la vez, contesta secamente y continúa tocando...

JUGLAR -Va.-

Justo antes de Emil salir de escena, tras varias notas, el músico vuelve a repetir una pregunta que daremos por preguntada previamente.

-¿Y el Teatro?-

Como si estuviese esperando la pregunta, no permite que la termine y lo interrumpe dándole todavía la espalda.

EMIL -¿El Teatro?-

Emil se vira y mira un instante al público, mira al músico y vuelve a mirar al público. Responde, con un tono reflexivo, consciente, apenado pero muy seguro.

-No chico, ¿pa' qué? ... ¿A quién le interesa el Teatro?-

Sale de escena y la luz se achica hasta centrarse en el músico, que de ahora en adelante será el Juglar, quien dará algunas pistas al público de lo que consistirá esta historia. Se dirige al público.

JUGLAR -Se lo he dicho mil veces y no, no escucha: *(canta esta frase)* "con los muertos no se juega…" Además...-

Con música de fondo, entre el Locutor y el Juglar recitan un fragmento del poema Diatriba contra los muertos, *de Ángel González.*

LOCUTOR / JUGLAR -Los muertos son egoístas-

LOCUTOR -…hacen llorar y no les importa, se quedan quietos en los lugares más inconvenientes, se resisten a andar-

JUGLAR -…hay que llevarlos a cuestas a la tumba como si fueran niños (qué cojones)...-

LOCUTOR -Inusitadamente rígidos, sus rostros nos acusan de algo, o nos advierten;-

JUGLAR -…son la mala conciencia, el mal ejemplo;-

LOCUTOR / JUGLAR -…lo peor de nuestras vidas son ellos siempre.-

LOCUTOR -Siempre.-

JUGLAR -Siempre.-

En voz baja, pensativamente.

-Lo malo que tienen los muertos es que no hay forma de matarlos.-

Sube el tono de voz con firmeza.

LOCUTOR -Lo malo que tienen los muertos es que no hay forma de matarlos. Su constante tarea destructiva es, por esa razón, incalculable. Son...

Pausa pensativamente, buscando las palabras. Cuatro voces de entre el público se adelantarán a sus palabras, que enseguida repetirán como si fueran suyas propias.

JUGLAR - Insensibles-

LOCUTOR -Distantes-

JUGLAR -Tercos-

LOCUTOR -Fríos-

-...con su insolencia y su silencio no se dan cuenta de lo que deshacen....-

Cambia el estilo poético por una entonación vulgar, simpática y un tanto enredada y misteriosa.

JUGLAR -Pero en fin, que se ha empeñao en hacer una película pa' los vivos, pero, pues, hecha por muertos... digo, por muertos que están más vivos que muchos vivos...; porque hay vivos que están más muertos que los mismos muertos... o algo así... pero nada, por lo que él me contó... más o menos trata de...-

Cambia la dirección de su voz hacia sí, pensando lo que está diciendo mientras baja la voz, da la espalda al público perdiéndose en la oscuridad mientras tararea la melodía de la música que introducirá la próxima escena.

III. Primera desilusión

Emil aparece en la oficina de Mr.($) #1, el primer posible productor de su película. Relata en detalle las escenas mientras se proyectan en pantalla de cine, como si fueran su imaginación y lo que él cree que en su decir el otro, Mr.($) #1, estaría imaginando y entendiendo.

LOCUTOR -Emil intenta seducirlo con la fuerza apasionada de su entusiasmo y la fuerte convicción de que se trata, al fin y al cabo, de una buena idea...-

El ritmo de su voz es acelerado, dramático y firme; sin vacilaciones, apasionado, vivo, como sus movimientos, sus gestos y expresiones.

EMIL -La entrada de la primera escena será enteramente a oscuras y en silencio por varios segundos... Se escucha una respiración agitada, como asustada... Se siente la ansiedad de un perseguido… aterrado… Su corazón late con fuerza, todavía…-

***

LOCUTOR -Emil satura con detalles muy precisos su relato, quizá en vano. A veces pareciera que olvida que otro lo escucha… Se envuelve tan dentro de sí, en lo que dice, lo que imagina… Podría hasta pensarse que ni siquiera le importa gran cosa que le siga el paso, que lo entienda… Olvida que de querer decirlo todo, a veces se termina por decir nada…-

***

EMIL -El corazón acelera… palpitan los últimos aleteos de vida…-

Se mezclan los latidos del corazón con el sonido de un oscilador.

-…voces lejanas… apenas se entienden... como se escucha una voz sumergida bajo el agua... ahogada...-

***

LOCUTOR -…ahogándose...-

***

El corazón desacelera sus latidos... hasta tres, con intervalos pausados que se pierden con el sonido de la línea de la máquina que anuncia la muerte.

EMIL -...la voz de André será acentuadamente melancólica y triste, dulce; pausada, pero con la garganta afectada, ronca y flemosa, de haber tenido una noche intensa... como son las noches tenidas con ganas de nunca acabar...-

***

LOCUTOR -...como son las noches tenidas con ganas de nunca acabar... acaban...-

Las escenas de Emil y del Locutor se desvanecen para dar paso de entrada al tercer movimiento de la obra, que es el desenvolvimiento de la película imaginada, y en el acto emancipada de la voz del autor. De aquí en adelante la obra transcurrirá con relativa independencia, como una obra dentro de una Obra que la engloba pero que aunque se desarrolla como un relato aparte y de identidad propia Emil intervendrá intermitentemente a lo largo de su desenvolvimiento, hasta que sea interrumpida la escena por Mr.(\$).

EMIL -...la puerta se abre dando salida del pasillo oscuro a un callejón de la ciudad.-

***

LOCUTOR -En voz alta reflexiona sobre sus propias líneas, saliéndose espontánea y fugazmente de la descripción textual del libreto... El señor -del que no sabremos su nombre- permanece idéntico a sí mismo; desinteresado o desentendido de las variaciones y redundancias que sobrecargan el relato de Emil.... Tolerante, como puede ser la más desentendida de las indiferencias...-

***

EMIL -Es de noche. El callejón es oscuro y sucio como la humedad de las alcantarillas... en una esquina, frente a una verja rota, un basurero regado, las paredes escritas y despintadas... un deambulante en la acera.. o dos... o tres...

A la salida del callejón, una patrulla de policía pasa despacito... cuidando celosamente esa parte de la ciudad que se exhibe pomposa y extravagante en las enrejadas vitrinas repletas de porquerías que tanto sentido le dan a la vida...-

***

ANDRÉ (VO[1]) -...anoche (*moría*)[2] Maldita... (*muerte*) Ahora sé... (*moría*) que moría... Me cogió desprevenido. No estaba listo. ...no la esperaba...-

-...sentí un escalofrío que me atravesó el pecho (...) y mi garganta, reseca... maltrecha...

...sudé frío. Mis pies se pusieron tan pesados (...) como las tantas veces que salí de borracheras con mis amigos...

...que tantas veces me quitaron de encima amoríos rotos... sin remedios...

No era un mal sueño, (*lamentándose para sí*) coño! ¡Que mala leche! Resistí lo más que pude... lo más que pude... Nada-

André mantiene el tono de voz melancólico, ahora más leve dando paso a un cambio abrupto en la actitud de la narrativa. Entre lo reflexivo y la tristeza denotará una desilusión presentida, esperada...

---

[1] La voz superpuesta es acotada en las siglas de VO (voice-over).

[2] Susurrado. Coro de muertos.

ANDRÉ (VO) -...ninguna luz al final del túnel; ni siquiera un túnel... ni escaleras al cielo... ni ángeles, ni portales, ni infiernos... ...como en las películas del cine... Ni siquiera me hicieron esperar... ¿Habrá sido conmigo ausente, sin mí, que juzgaron mis pecados?-

Resuenan ecos lejanos de la palabra "pecados" antes de la siguiente línea, y al comienzo de la próxima.

-"Tantos que no gaste... Cuántos porque no pude..."-

Como si la estuviera inventando en el momento, el Juglar canta unas estrofas adaptadas de la canción Testamento, de Silvio Rodríguez.

JUGLAR -*(A capela)* Como una muerte anda en secreto... (*tararea la siguiente línea*)

Entra la guitarra con arreglo del estribillo adaptado.

-Le debo una canción a toda prisa... (*tararea las líneas omitidas y canta las demás*)

-Le debo una canción a lo que supe,
            a lo que supe y no pudo ser,
                        más que silencio...
Le debo una canción a los pecados,

a los pecados que no gaste,
los que no pude...
Le debo una canción a la mentira.
A la mentira pequeña,
frágil, casi salva...-

Hablado.

-Le debo una canción desesperada,
desesperada por no poder llegar a verla...-

Reinicia música.

-Le debo una canción, una a la muerte, una a la
muerte voraz, que se comerá a tanto-
-Le debo una canción a los pecados,
a los pecados que no gaste,
los que no pude...-

Disminuye el volumen de la música hasta diluirse con la entrada a la próxima escena.

LOCUTOR -...el señor del que no sabemos ni importa su nombre (Mr.($) #1) se levanta de su asiento y hace aguaje de que sólo se está estirando; se soba el trapecio y la nuca, dando la impresión de que, además de las insinuaciones de molestia, está aburrido y no le interesa la historia. Pero Emil sigue contando con el mismo entusiasmo, como si no fuera la cosa con él.-

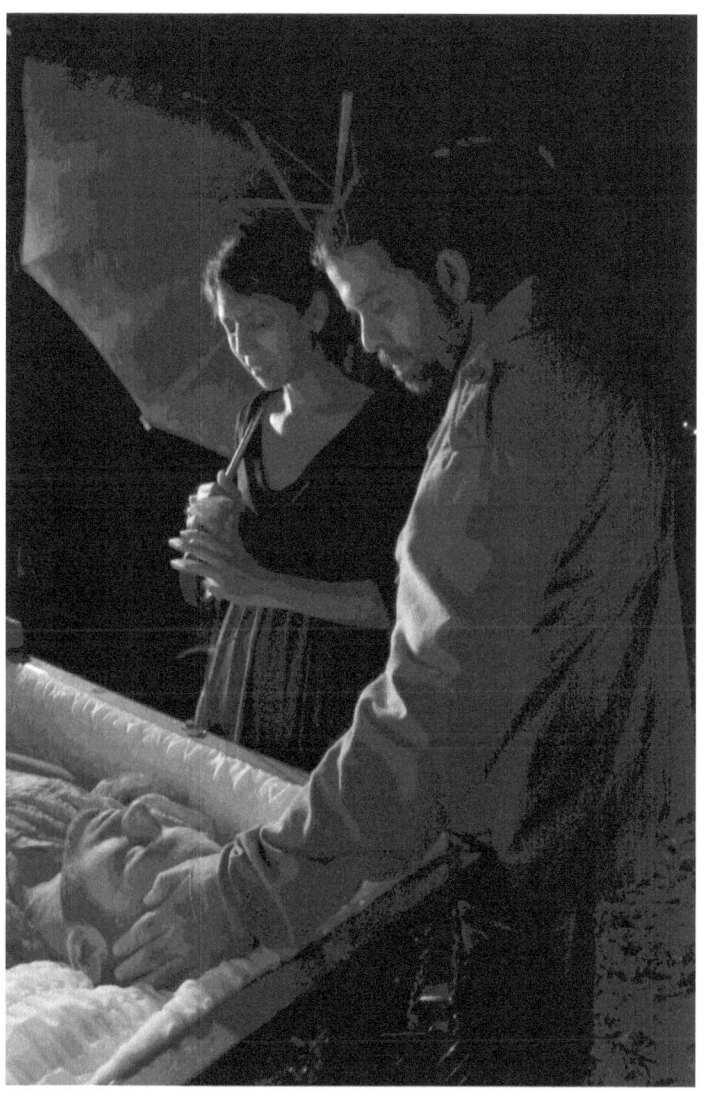

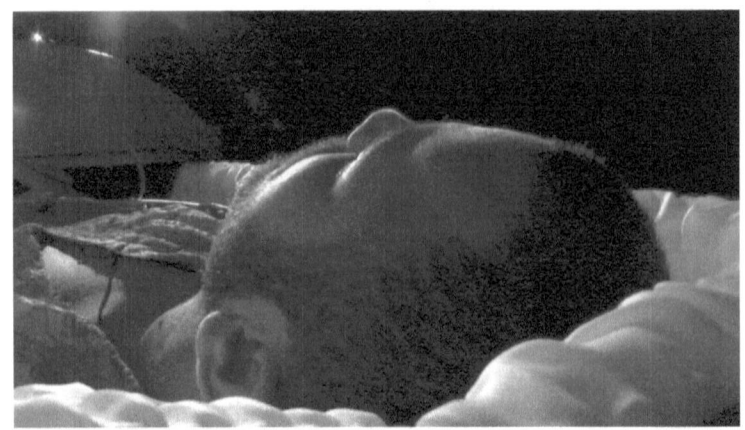

ANDRÉ (VO) -Dios ni siquiera se asomó, de eso estoy seguro. Quizá se habrá quedado dormido en su trono... o estaría distraído en otros asuntos (...) No importa... No puedo sacármelos de encima... ¡Qué angustia... cuánta tristeza! Quizá ya no soy más que un recuerdo... Me pregunto si existo porque todavía me recuerdan... ¿Qué será de mí cuando les pase la pena? ¿Qué seré cuando al fin me olviden y ya... ya ni recuerdo sea?-

EMIL -...y como le dije antes, la vida en el cementerio es metáfora de la vida en la ciudad... como si sólo cambiara el escenario, pero todo siguiese siendo igual... como si la vida no cesara de repetirse, aún en la muerte...-

VI. Resignación ante la muerte

Mengua la luz que ilumina a André y se devuelve la atención a la escena de Emil y Mr.($) #1.

> **LOCUTOR** -El señor… *(Toce con naturalidad)* se ha vuelto a sentar, ahora un tanto irritado, impaciente; ansioso. Juega con un lápiz, ordenando sus gestos compulsivos a la orden de su impaciencia: arregla una fotografía enmarcada y con anal precisión alinea los papeles de su escritorio… Se rasca la nariz, soba la superficie exterior del tabique y muy discretamente, de un poquito más adentro… tras su decidido esfuerzo saca un regalito incrustado en la uña del dedo índice. Lo mira apenas algunos pestañeos, lo moldea con esmero entre sus dedos, y al instante de tener a la mira una figurilla del Quijote por blanco, lo lanza, como cuando niño jugaba puntería con canicas de cristal… Todavía no dice nada.-

***

> **EMIL** -Han pasado varios días. Cambia el estado de ánimo de André. Se ha resignado a su suerte, a su nueva vida, la muerte… Representa… una tensión, entre las reminiscencias de su sensibilidad humana y el cinismo sin remedio de la muerte, metáfora del no ser… no ser-ya-humano…-

MR.($) *asiente y se muestra sobre-interesado, como quien trama en silencio alguna manera de zafarse de una molestia, de un tedio, es decir, de Emil.*

***

> **ANDRÉ** (VO) -…las tragedias y los llantos son pa' los vivos (…) La diosa muerte nos privilegia con todo el permiso de andar desentendidos de las seriedades del mundo, de sus tristezas y demás estupideces… Como si nos premiara devolvién- donos un poquito la felicidad de cuando éramos

niños y nos soltara en este jardín de tumbas y flores a jugar sin reglas ni regaños el infinito...-

Mr.($) #1 *se nota más impaciente y no deja de mirarse el reloj mientras se mueve en su sillón.*

-¡Bah! ¿A quién engaño? Todavía son como eran cuando estaban vivos... siempre preparándose para vivir, pero nunca viviendo... Esa será su peor condena... ...sin verdugo más cruel que sus propias cabezas.-

La escena del cementerio se apaga por completo. Se ilumina con intensidad la siguiente escena. Mr.($) se levanta de la silla y calla a Emil estrechándole la mano.

LOCUTOR -(Mr.($)) ...lo interrumpe bruscamente -aunque con tacto frío y calculado. No sabe que le estrecha la mano como despedida y responde ilusamente, como esperando ser bendecido por sus favores...-

***

MR.($) #1 -Señor... eh...-

EMIL -Emil, ja, ja, y gracias por lo de señor, pero sólo Emil, por favor...-

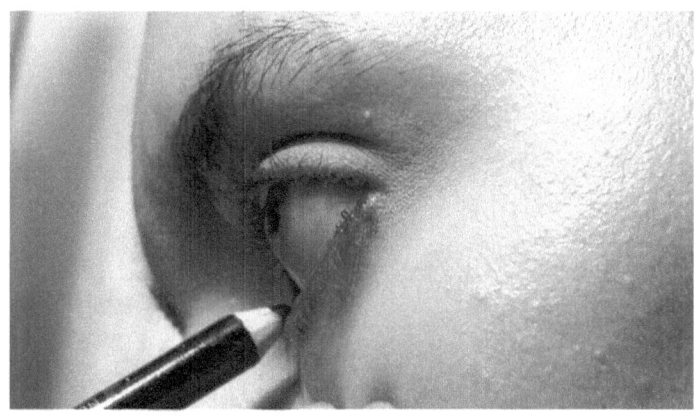

Vuelve a interrumpirlo y mientras se va poniendo la chaqueta, arreglando la corbata, peinándose, recogiendo su escritorio y preparando su maletín como si fuera a irse.

MR.($) #1 -Sí, sí, sí... ajá, ¿Emil? Eh, le seré completamente sincero. Mi mujer me espera y estoy ya bastante retrasado... y usted sabe como son las mujeres... no? Eh, si usted quiere deje con mi secretaria el guión y yo le echaré una ojeada tan pronto pueda... mmm... y ya le dejaré saber...-

Emil interrumpe tímidamente, sin malicia; desbordado de ingenuidad.

EMIL -Sí, sí lo tengo aquí conmigo... me faltan algunos arreglos pero, pero en esencia ya esta escrito todo... eh, bueno, casi todo... como va... se lo dejo aquí...-

Mr.($) no lo esperaba y lo interrumpe sin mostrar su desconcierto, aunque un poco torpe al principio de sus líneas retoma el control de su discurso enseguida.

MR.($) #1 -...bien, sí, claro que sí ...eh, aunque usted debe saber que la decisión final no es mía... usted sabe, esto es una corporación y su propuesta, usted sabe, debe ser evaluada por un comité especializado y... bueno, usted sabe, no?-

EMIL -Sí, claro, claro. Entonces...eh... pues...-

MR.($) #1 -*(Interrumpiéndolo)* Pues sí, eso... eh... tengo que irme... tengo prisa...-

EMIL -Por supuesto, como no.... *(Yéndose)* Muchas gracias por su tiempo, de verdad, gracias, muchas gracias...-

Se va. Mr.($) #1 *lo acompaña hasta la puerta, como sacándolo sutilmente a empujones. Regresa haciendo expresiones de alivio, se tira en su sillón y trepa los pies en su escritorio. Se suelta la corbata y llama a su secretaria...*

MR.($) #1 -...que nadie me interrumpa... y llama a mi mujer...-

Coge el teléfono y habla.

-Cariño... sí, lo siento amor, llegaré tarde esta noche... Tú sabes cómo es esto, y tengo que trabajar hasta tarde...-

LOCUTOR -...entra una mujer enigmáticamente ajustada a su escasa pero costosa ropa de noche... se le acerca a pasos cruzados, al ritmo imponente y firme de sus tacos altos. Liviana de pudor, desabrocha con elocuente movimiento su breve vestido, que deja caer ante el inexpresivo deseo de su arrendador...

La mujer alquilada dramatiza una manoseada escena de seducción, pero bien estimada por quien puede pagarla por su precio. De la gaveta de su escritorio él saca una botella de algún licor que le endulce el pecado irresistido y dos copas delatoras.... una segunda que nunca guarda secretos...-

-...sin gracia ni virtud acrobática se le sienta en la falda y mima su cara como exige el ritual por el que le paga; suelta su corbata; desabotona la camisa; desabrocha el cinturón... y entre caricias cosméticas y mecánicas, sin mediar palabras se desliza suavemente por su pecho descubierto, por su barriga abultada con sacos de grasa... hasta desaparecer entre sus piernas...-

Una luz más brillante ilumina el libreto que Emil dejó sobre la mesa.

-Al umbral de la descarga barre sin cuido sus atenciones prometidas. El guión (*que son hojas sueltas en una carpeta*) cae de la mesa. El distraído hombre (Mr.($)) se percata y ni se inmuta.

Transcurren los días y nada nuevo promete el porvenir. Entre tanto, Emil camina por el cementerio que imagina, arreglando alguna que otra cosa, retocando el escenario, como si habitara la escritura de su propio libreto.-

Todos los personajes están estáticos. Arregla la postura de una estatua, roba una flor a una tumba y la pone a otra que no tiene. Las estatuas-mimo lo miran mal.

A su lado, pero dándole la espalda de frente al público, aparece el Juglar, que recogerá los papeles que se han volado, los que pueda. Emil sale de escena mientras el Juglar recoge los papeles. Se ilumina a Emil en su escritorio, dormido, con la lámpara encendida. El Juglar entra, pone en su mesa los papeles recogidos de su imaginación o sueño y apaga la luz. Todo se apaga.

VII. Monólogo del hastío

Aparece nuevamente Emil en la oficina de Mr.($) #2, tratando de convencerla de lo mismo que no ha podido convencer a nadie aún. La escena inicia actuada en silencio, como si lo que va a contar hubiera sido contado ya, al momento de iluminarse la escena.

> **EMIL** -...sí, sí, yo sé que esta escena es medio confusa, pero... de cierto modo es de eso de lo que se trata... quiero decir, de crear un clima de incertidumbre... provocar dudas; dejar en suspenso algunas pistas; poner en juego algunas claves... intrigar...-

Prolonga un breve silencio tras ésta última palabra como si estuviera meditando sobre lo que está diciendo, o quizá improvisando su libreto, aún inconcluso.

> -...luego tendrá sentido y coherencia, más adentrada la película. No se preocupe, que al final todas las preguntas tendrán sus respuestas...-

Reflexivamente.

-Aunque la respuesta puede ser otra pregunta... pero bueno, eso no viene al caso...-

Mr.($) #2, entre extrañada y molesta, le hace gestos con las manos indicándole que continúe mientras acaricia un crucifijo que lleva puesto en el cuello. Emil se percata y profundiza un poco más su explicación.

-Recuerde que el monólogo en esta escena representa algo así como una tensión existencial de marcada influencia bíblica... digo, un poco arreglada, claro... la ironía del Eclesiastés... sus enseñanzas para la vida pensada tardíamente, quizá algo incomprendidas...-

Retoma la improvisación para describir al personaje de esta escena, el Viejo.

-Angustiado, como si no se supiese muerto... eso no importa... no, no está resignado tampoco, aunque su actitud es ruda, tosca... un poco grosera quizá, pero ahora piensa y dice lo que piensa. Abrumado; resentido; hastiado. Se pasa la cuenta por cuando estaba vivo...-

Baja la luz de esta escena interrumpiendo sus líneas mientras se ilumina la entrada del hastío.

***

VIEJO -¡No! No me cabe ninguna duda. Ya lo tengo todo claro... al fin: ¡Trabajar es una maldición de Dios!-

***

EMIL -Mira hacia el cielo y se dirige a Dios, para reprocharle.-

***

VIEJO -¡Me naciste maldito por tus rencores maldicientes, y soy yo quien te imploraba mil perdones!-

Se iluminan las estatuas mimos en tarima.

EMIL -Las estatuas se voltean a mirarlo, molestas por su reproche ofensivo, excepto una, que permanece tiesa, impávida y muda, como la respuesta de Dios.-

El Viejo baja la cabeza y se dirige ahora a esa estatua.

VIEJO -¿Qué provecho queda ahora que se me ha gastado la vida rompiéndome la espalda para qué? Sale el sol otra vez, se pone el sol de nuevo y vuelve a salir... todos los ríos siguen llegando al mar y el mar nunca se llena...-

Baja la cabeza al suelo y continúa, bajando el tono de voz.

-Mis ojos ya lo han visto todo, no se hartaron nunca de ver... pero ahora sé que en verdad nunca vieron más de lo que podían ver... soy el más ciego de los ciegos, el que no quiso ver...-

Dirige lentamente su mirada al público.

-Pero ahora muerto veo, que lo que fue, eso mismo es lo que será... no hay nada nuevo bajo el sol... todo se repite y se repite... y se repite... ¡Farsantes!-

Los muertos del cementerio lo miran repentinamente y a coro se llevan el dedo índice a la boca y lo tratan de callar. Él sigue como si no los escuchara. Se repite el gesto con cada palabra, aumentando el volumen de las voces.

CORO DE MUERTOS -¡Shhh!-

VIEJO --¡Embaucadores!-

CORO DE MUERTOS -¡Shhhhh!-

VIEJO -¡Embusteros!-

CORO DE MUERTOS -¡Shhhhhhhh!-

VIEJO -¡Chantajistas!-

CORO DE MUERTOS -¡Shhhhhhhhhh!-

VIEJO -¡Cabró...-

CORO DE MUERTOS - ¡Shhhhhhhhhhhhhhh!-

Al sonido del último grito de los muertos caen las luces y se ilumina poco a poco al Viejo, que aparece con la mirada caída y que levanta hacia el público con una voz entrecortada, desde el hastío pero suave, entristecida.

> **VIEJO** -¡Detesto la vida porque todo lo que he hecho es nada, ni siquiera un recuerdo que se recordará...-

Disminuye la iluminación. Se ilumina la escena de Emil y Mr.($) #2. Mr.($), con el ceño fruncido y la mirada sesgada por una expresión de interés pero con cierta malicia, anima a Emil a sincerarse.

> **EMIL** -...en realidad, debo confesarle... ehh, todavía tengo algunos retoques que hacer a estas líneas... es que no estoy tan convencido de que me dé a entender como quiero, ¿sabe? Quisiera que este personaje encarne una frustración existencial

en dos tiempos de una misma vida... ¿me sigue? Una frustración que se le convirtió en necesidad vital... quizás por deudas; pelambrera; o por sueños de juventud que no se atrevió a soñar... o que creyó imposible hacerlos realidad...-

Baja la intensidad de la iluminación. Se ilumina la escena del Viejo.

VIEJO -Desde joven me dediqué a cultivar mi intelecto, a conocer la sabiduría y la ciencia y tambien la locura y la necedad y todo cuanto he llegado a saber me sabe ahora a vanidad... ilusiones vanas... anhelo de viento... Como esperar respuesta de Dios...

Solo comprendí que donde hay mucha sabiduría hay también mucha angustia y malestar, y cuanto más sabía más crecía mi dolor... y me convertí en lo que sé...

Ahora me doy pena de mí mismo, porque soy lo que sé... ni siquiera un alma en pena... una pena desalmada...

Me mintieron o el alma es un fraude que Dios inventó para maldecirla!-

Las estatuas se bajan de sus tumbas y se le acercan sigilosamente para callarlo. Camina hacia el público, al que dirige estas palabras.

-¡Detesto la vida porque todo lo que he hecho es nada, ni siquiera un recuerdo que se recordará...

Para los demás el día de mi muerte valió más que el día que me nacieron..

...y así como salí del vientre de mi madre me he vuelto a ir, desnudo y sin nada de nada... sin riquezas ni glorias, sin posesiones otras que mis penas, sin más propiedades que...-

Interrumpe su línea y mira al público.

-...he sabido que la mujer es más amarga que la muerte...-

La estatua virgen lo mira mientras él le da la espalda.

-...ella misma es una soga atada firmemente al cuello, y sus razones cortantes redes de serpentina afiladísima... y sus brazos... sus brazos cadenas yertas frías como sus incandescentes palabras de ternura, de amor... sí, sus deseos son llamas ardientes que calcinan lo más profundo de la sulfurada piel... Y las malditas nunca aprendieron a arrastrase ante el hombre (tambien maldito) como quiso Dios...-

En este instante se iluminan repentinamente las demás estatuas-mimos, que lo miran y bajan de sus tumbas para apresarlo. Habla al público y mientras dice las siguientes líneas tanto las estatuas como los demás muertos le asechan. A cada frase los muertos interrumpirán acosándolo con sus coros para silenciarlo. La música marca el suspenso.

-...al final, el más valiente llega al mismo lugar que el más cobarde..-

CORO DE MUERTOS -¡Shhh!-

VIEJO -...y el traidor ya no se distingue del amigo leal...-

CORO DE MUERTOS -¡Shhhhh!-
VIEJO -...y el necio y el imbécil gozan de los mismos privilegios que el sabio...-

CORO DE MUERTOS -¡Shhhhhhhh!-

VIEJO -...y a veces de más...-

CORO DE MUERTOS -¡Shhhhhhhhhhh!-

VIEJO -...y la maldad... maldita maldad... reina sobre las escasas bondades...-

El coro de muertos disminuye ahora el volumen.

CORO DE MUERTOS -¡Shhhhhh!-

VIEJO -¡La razón es una mosca ahogada en la última copa de vino...-

CORO DE MUERTOS -¡Shhhh!-

VIEJO -...todo son desvaríos... sacrificios y comodidades... la sabiduría y la fuerza, la verdad y la hipocresía, el amor y las fatigas; el insomnio, el odio, las amanecidas; el rencor; la amargura...

trabajar ¡maldición!, trabajar... la vida... ¿para qué?...
todo al final lo abraza la misma suerte fatal...-

CORO DE MUERTOS -¡Shhh!-

VIEJO -...y sólo resta callar y temer a Dios... a Él,
que me maldijo-

*Baja la cabeza mientras dos de las estatuas han llegado a él y se lo llevan a
rastras. La música y el movimiento se detienen en seco. La luz queda sólo
sobre él. Levanta su cabeza al público y repite sus últimas palabras.*

-¡Detesto la vida porque todo lo que he hecho es
nada, ni siquiera un recuerdo que se recordará...-

*Se apaga la iluminación de esta escena y se ilumina la de Emil y Mr.($) #2,
que se levanta de su sillón molesta y perturbada, como ofendida por las
insinuaciones heréticas. Mr.($) dará voz a los muertos y las estatuas.
Llevándose las manos a la cabeza y entremetiendo los dedos en sus cabellos,
manotea indignación.; Histérica; fanática (sin exagerar).*

MR.($) #2 -Pero, pero ¡por el amor de Dios!...
este... como te llames... Santísimo Padre,
¡Avergüénzate de tus palabras! Jesús amado...
¡Apóstata! Sinvergüenza! ¡Te reprendo en nombre
del Padre!-

***

ANDRÉ (VO) -...todavía no sé por qué se lo llevaron… Si total, hablaba sólo. ¿A quién le puede importar?... Nada, cada cual a lo suyo, como deben ser los muertos: calladitos, sin molestar a nadie... y vivir la eternidad como domingo en misa. Esa parece ser la regla de convivencia entre los muertos; como cuando eran vivos… ¡qué pena!-

VIII. Asalto... a la indiferencia

> **LOCUTOR** -Emil trabaja su libreto. Escribe como si tuviera prisa, como si no quisiera perder las ideas... como quien sabe imposible a la escritura alcanzar el acelerado ritmo de los pensamientos...-

> **EMIL** (VO) -André se da cuenta, pero en sus líneas no expresa conmoción alguna...todo lo contrario... indiferencia...-

La cámara centra atención al atraco: intento de violación, gritería, forcejeo, arañazos y mordiscos, bofetadas; puños y patadas. Se ahuyenta el asaltante. Escapa corriendo entre las tumbas con la cartera de la mujer.

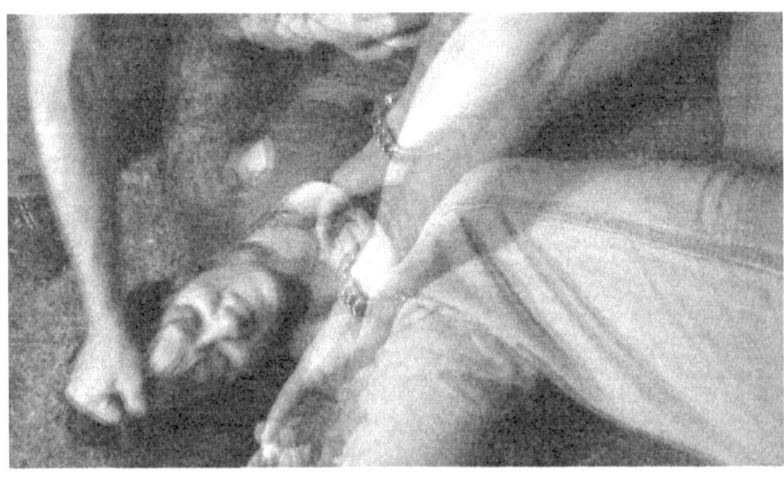

ANDRÉ (VO) -Mirar pa' otro lao cuando alguien esté jodío, esa es la sensatez que nos han enseñado los vivos...-

Susurrando y sobrepuesto al decir "los vivos".

CORO DE MUERTOS -Los muertos...-

ANDRÉ (VO) -Dicen que...-

CORO DE MUERTOS -Los muertos...-

ANDRÉ (VO) -...no debemos meternos en las cosas de los...-

El coro de muertos interrumpe la línea de André.

CORO DE MUERTOS -Los muertos...-

André interrumpe molesto y confronta con un grito el coro susurrado de los muertos.

ANDRÉ -¡No!

Mira al público.

(VO) -¿Qué más de los vivos que la indiferencia?-

El asaltante pasa corriendo frente a André, que le mete el pie y cae. Emil se habla a sí mismo en voz alta, satisfecho de su línea.

EMIL -¡Ajá! …que hay cosas que se deben hacer cuando se deben hacer ¡y ya!-

La mujer atacada en cine logra escapar. En el escenario el maleante huye del cementerio y se pierde entre el público. André recoge la cartera, la abre y se sienta a husmear leyendo sus datos como si nada hubiera pasado, dejando caer sus identificaciones.

Emil aparece en la oficina de Mr.($) #3. La parte anterior se dará por contada e intervendrá directamente Mr.($) #3.

MR.($) #3 -Sí, sí... me parece muy bien todo esto... ya puedo imaginar el resto... interesante, de verdad que sí… debo felicitarte...-

Estrecha su mano a Emil, que se ha quedado un tanto sorprendido por la interrupción y otro tanto pasmado y confundido al escuchar las primeras palabras de halago.

    -...a la verdad que sí... pero debo confesarte... sin ánimo de criticar, claro, pero es que no sé exactamente de qué trata tu película... además, por lo que he podido apreciar, tiene un tono muy realista, demasiado realista para tratarse de una película... ehhmmm... de fantasmas, no?-

Pausa brevemente para servirse un trago, le hace un gesto ofreciendo a Emil que lo rechaza, todavía algo pasmado y a la expectativa de las últimas palabras de Mr.($).

    -...pero bueno, en fin, sabrás tú mejor que yo... pero lo cierto es que debes admitir que hoy no hay público para estas cosas... o, para serle honesto y claro: no vende...-

Mr.($) #3 prende un cigarro que también ofrece y que Emil rechaza, esta vez dejándose caer sobre el espaldar de su silla. Encogiéndose sobre sí frota su frente y deja caer su mano hasta la boca, expresando frustración y una molestia que no deja notar abiertamente. Guarda el libreto en su mochila, se frota las rodillas ansioso por retirarse.

    -...y no es que yo no crea en el Arte por el Arte... debes saber que soy un humanista empedernido, amante y devoto de la Cultura y todas sus creaciones... y no digo que no tenga potencial, pero mira... te voy a contar una historia...-

Baja progresivamente el tono de voz y la luz baja hasta cerrarse la escena.

    -...cuando tenía tu edad yo también... y era así, tan joven... también quería hacer cosas así...-

Ensimismado se tira para atrás, recostado y poniendo los brazos sobre su cabeza. Emil permanece cabizbajo al cierre de esta escena. Todo está oscuro unos instantes mientras la música introduce la siguiente escena.

Hablando para sí, pensativo, inventando la historia o recordando.

EMIL -(VO) En esta escena la novia de André va a visitar su tumba.-

Se ilumina la escena de la novia en la tumba de André.

-Él está sentado a su lado, mirándola con ternura...-

Se ilumina a André sentado al lado de su novia. Habla para sí.

-Su voz es triste, melancólica.-

***

ANDRÉ (VO) -Al menos todavía no me olvida... No hubiera soportado verla sufrir... Me quería tanto... Recuerdo la noche que moría (*moría*)[3]. Ya estaba sólo (*moría*), como todas las noches cuando ella se iba (*moría*)... Cuando se me acercó (*la muerte*), por un instante sentí como la primera vez que le declaré mi amor...-

---

[3] Las cursivas representan el coro de muertos, que susurra la palabra "*moría*".

Armonizan a coro las voces de Emil y de André.

EMIL / ANDRÉ -...con la voz estrangulada por una ridícula nerviosura infantil, sudoroso y yerto frío…-

Se intercalan ambas voces, cada una completando la frase siguiente de un mismo pensamiento.

ANDRÉ -Titiritando de ansiedad-

EMIL -Hirviente y helado a la vez-

ANDRÉ -Hecho escarcha ardiente-

EMIL -Como el hielo, que tanto quema cuando se tiene en la mano y la congela;-

ANDRÉ -Para luego derretirse cuando la misma mano se hace incinerante...-

EMIL / ANDRÉ -...qué irónica la vida, que te hace sentir la muerte como se siente por primera vez el amor...-

***

Reaparece Emil al lado de André. Las imágenes resaltan detalles de trasfondo mientras escribe, como si las estuviera imaginando desde adentro de la escena.

EMIL -Acaricia su mejilla; recoge una lágrima. Al tocarla una ventisca responde suavemente buscando su caricia, como si lo estuviera sintiendo.-

***

André está en cuclillas, mirándola.

ANDRÉ (VO) -...nos tocamos con tanto cuidado... Como si temiésemos que de tanto tocarnos nos fuéramos a romper...-

Oscurece el escenario. Emil sale de escena. André aparece ahora en un muro que da al mar, detrás de ella, sin mirarla.

-Qué viciosa la memoria... Qué placentera la nostalgia... Qué vano el goce de recordarla... Qué dulce agonía saberla... perdida...-

***

Emil está sentado en tarima, escribiendo a espaldas de las escenas que acontecen.

EMIL -La vuelve a mirar, con la mirada entristecida, como si supiera que ya no la vería nunca más...-

***

Ella deja una flor y sale con lágrimas en los ojos. André la ve alejarse, sentado en cuclillas. La sigue con la mirada hasta el portón del cementerio.

EMIL -Alguien la espera. Se abrazan, como amigos. Se besan, como algo más.-

André hace un gesto de confusión, de extrañeza y (ahora tras del portón de entrada al cementerio) entristecido los ve irse.

-¡Bah! ¿Qué mierda es esto? ¡Que no! ¡Ridículo!
Esto no va... líneas ridículas de novela barata.-

Deja de lado el libreto, se levanta y se va. El cementerio se apaga. Música. Mientras el Locutor narra el final de esta escena, Emil llega a su casa y se tira a descansar en su pequeño caucho. Se duerme y sueña.

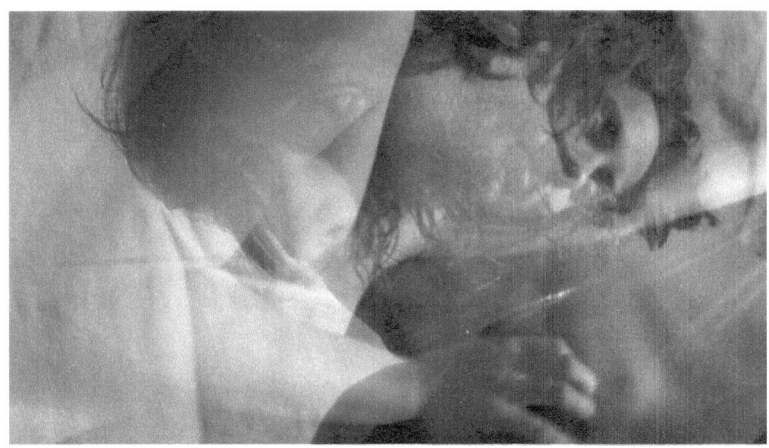

LOCUTOR -Emil tachó con brusquedad las páginas recién escritas, e inconforme con esta escena dejó de escribir... Al rato quedó dormido profundamente, como pocas veces. Poco después abrió los ojos, aunque todavía dormía.-

En la oficina de Mr.($) #4, Emil cuenta su película. Mr.($) actuará interesado y pensativo pero con la mirada perdida, de modo tal que no sabremos por la actuación si estaba distraído en otros pensamientos o concentrado en la escucha.

Interrumpe Mr.($), como si hubiera estado intrigado por la película y no pudiera contener ya sus reservas. Con una respiración profunda que antecede sus palabras.

MR.($) #4 -No sé… Te diré, honestamente, que en lo personal me agrada tu idea, de verdad que me resulta atractiva… Pero, creo que diste un giro brusco hacia lo absurdo… Te diré sinceramente, no creo que a la gente, el público, vaya a entender…

Y tú sabes que cuando el público no entiende algo tampoco le gusta, y lo que no le gusta porque no entiende no lo compra… y de vender se trata tu idea… ¿no?…-

Da por sentada la respuesta de Emil y antes de que hable continúa.

EMIL -*(Vacilante, indeciso)* …pues en verdad que…-

MR.($) #4 -Bueno, seamos realistas y dejémonos de idealismos ingenuos, estee…-

EMIL -Emil.-

MR.($) #4 -Sí, Emil… lo sé… es que estaba pensando… o mejor: te tengo una crítica constructiva: evita tanta palabrería. No te metas a jugar con las palabras… que confundes al público; dales lo que ellos quieren, lo que a todos gusta más: simpleza, trivialidad… lo evidente, lo predecible; superficialidad…

Tú sabes que lo que le gusta al público en realidad son boberías, que lo entretengan, que lo hagan reír y llorar… pero nunca pensar demasiado… bueno, tú debes saber eso… claro!-

EMIL -Eeehh… yo…-

MR.($) **#4** -Estupideces que lo atonten más y más, eso es lo que demanda el público. Y si el público, que es quien nos pone la comida en la mesa, quiere a cambio que le demos imbecilidades, pues imbecilidades le daremos... sin menospreciarlo claro, *(cínicamente)* pues, ¿quiénes somos nosotros para decidir lo que debería gustarle al público? (...) ¿Entiendes, no?

Lo que quiero decirte, y no te ofendas, por favor, es que tenemos que hablarles para que nos entiendan... y si no nos entienden que no importe, pero que no se sientan desentendidos, confundidos... demasiado enredados...

Vamos, hombre *(en tono de broma)*, que no van a ir al cine con un diccionario en la mano.-

Se ríe para sí de su propio chiste. Emil no lo capta.

-Al público tenemos que presentarles el mundo en blanco y negro, aunque ellos crean que lo ven todo a todo color... hablarles en arroz y habichuelas... *(Vuelve a reír)* como se suele decir...-

Mr.($) señala al público con el dedo índice, en un movimiento acusativo más que aleccionador.

-Pero míralos tú mismo... míralos... pregúntales qué quieren y no te sabrán contestar...-

Todos los actores se acercan a mirar al público. Mr.($) se levanta y se acerca más al público.

>   -¡Míralos! No saben lo que quieren... y lo que quieren es que otro les diga qué querer...-

Se vuelve a Emil. Los actores permanecen inmóviles mirando fijamente al público. Emil se nota más que extrañado o molesto un tanto ansioso por decir algo que nunca dirá. Mr.($) continúa su disertación sobre eso que dice saber, que es lo que quiere el público.

>   -Lo importante es que, como buenos empresarios, debemos saber tanto con quien hacemos negocios como para quien lo hacemos: nuestro objetivo es expandir el horizonte de posibles consumidores, o sea, multiplicar la gente que pague por lo que le vendemos...-

Hace un gesto de satisfacción consigo mismo por lo bien que conoce a la gente...

>   -Así el riesgo en las inversiones disminuiría en proporción al aumento en las probabilidades de éxito y, por supuesto, el capital aumentaría elevando asimismo las condiciones de expansión en el mercado...-

Emil tratará de interrumpirlo pero Mr.($), engreído y con determinación, lo ignora.

-Queremos vender tu producto, vender esa es la palabra clave... vender bien y ganar mejor, esa es la fórmula... esto es psicología... economía... En fin, dime tú, ¿Por qué otra razón haríamos cine?-

***

LOCUTOR -Al final de la mezquina moraleja Emil sale al paso con un braceo querellante; inhala con fuerza los aires de su justa irritación; pero enseguida vacila; suspira y exhala al tiempo en que cierra el dedo índice trincando la mano para no dejar que se le haga puño; la baja y con ella la mirada... con voz calmada pero con destellos de rabia en la garganta le responde.-

***

MR.($) #4 -Vamos, hombre, contéstame, ¿por qué otra razón haríamos cine?-

EMIL -Sólo quiero hacer una película... nada más.-

Se apaga el escenario y se escucha un fuerte portazo. Ensayan los músicos.

JUGLAR -Tanta vanidad (*en voz baja y sin melodía, voz reflexiva*) Tanta vanidad (*en voz un poco más elevada, molesta y sin melodía*) Tanta vanidad (*en voz alta, como un grito, a capela y con su melodía*) ...tanta hipocresía, si tu cuerpo después de muerto pertenece a la tumba fría...-

X. CAMILA SE SUICIDA

Emil desarrolla el perfil de Camila mientras su imaginación corre en cine.

EMIL -Camila, se llamará Camila... Es joven... hermosa; y su carácter y su voz serán desafiantes... Solloza entristecida frente al mar... Tiene un secreto... un secreto que no confesará...-

-André la ve tambalearse y no mueve un dedo para ayudarla. La mira sin extrañamiento. Sabe que no la entiende, pero cree que la siente...-

ANDRÉ (VO) -No, no puedo evitarlo. No quiero. ¿Quién soy yo para hacerlo? Si tiene el valor de quitarse la vida (…) o no lo tiene para vivirla, que muera…-

EMIL -Camila vacila un instante, mira por última vez al cielo y con aire de voluntad inquebrantable se lanza al acantilado… y muere… Nunca nadie sabrá por qué decidió quitarse la vida.-

***

Emil se mueve a la oficina del siguiente Mr.($), el quinto. Éste será norteamericano, de hablar el español masticado, de apariencia intelectual y elegante.

MR.($) #5 -*(Con entusiasmo exagerado)* Sigue, sigue… me gusta, me gusta… eso es lo que a la gente le gusta, sí… escenas de amor… dramatismo romántico y crueldad, sí, crueldad, crueldad, que es lo más humano de la vida… sigue, sigue…-

EMIL -Tres días después, en una tarde nublada, lluviosa y soleada, como en las que se casan las brujas, André atiende al entierro de Camila. Su monólogo irreverente contrastará las hipocresías y las ignorancias religiosas del ritual funerario...-

Lutos en escena y lloronas, mientras el cura da su servicio. André comenta las bien intencionadas hipocresías religiosas, las mentiras piadosas que se tienen para todos los muertos; los fingimientos, las falsedades y la ingenuidad del ritual fúnebre.

CURA -"Acostumbrémonos a pensar que la muerte no tiene nada que ver con nosotros, porque todo bien y todo mal radican en la sensación, y la muerte es la privación de sensación."[4]-

ANDRÉ (VO) -Yo he escucha'o eso antes...-

CURA -"De ahí que la idea correcta que la muerte no tiene nada que ver con nosotros hace gozosa la mortalidad de la vida, no porque añada un tiempo infinito sino porque quita las ansias de inmortalidad."-

ANDRÉ (VO) -(*Suspira*) No, no se sienten sinceras...-

André cambia el tono de voz y denota en la confusión un aire de molestia.

-¿Será por respeto al muerto, que hasta la sinceridad se disfraza de luto?-

Aparece otro personaje joven y rebelde, Cano.

CANO -Callarse, eso es lo que deberían hacer.-

---

[4]Líneas del Padre son adaptaciones de la Epístola de Epicuro a Meneceo.

André lo mira sin sorpresa y lo ignora. Cano le habla en tono de enfado, de hastío, sin mirarlo, atendiendo al funeral.

-Si respetan al muerto lo primero es no hablar a nombre de él, y lo segundo, lo segundo lo primero, ¡callarse, eso!-

CURA -"Alegrémonos, puesto que la muerte ha de traernos un estado que será mejor o, por lo menos, no peor que el actual. El alma sin el cuerpo goza de una vida divina, y para un ser inconsciente nada puede ser malo."-

André y Cano aparece sentado en el muro, mirando nuevamente el entierro. Sus voces se imponen sobre las del cura.

ANDRÉ -Pobrecita esta gente que la lloran, ahora me doy cuenta: qué inquietante puede ser un cuerpo; tan callado, tan quieto; tan inocente... inofensivo como el mar en calma...-

Cano sobrepone sus líneas a las de André, para sí, sin mirarlo.

CANO -...como el cielo antes de la tormenta... -

André lo mira y baja la mirada como dándole razón y sintiéndose frustrado por su verdad. Se aleja la imagen del entierro y se distancian las voces.

CURA -"¿Pues qué es el morir, sino entregarse desnudo al viento y fundirse en el sol? (...) ¿Y qué es el cesar de respirar, sino liberar la respiración de suerte que pueda elevarse y expandirse para buscar a Dios? -como decía el Profeta-"[5]

Cano se traga la voz del cura, con aires de cinismo, molesto, como guardando rencor a las hipocresías de los vivos:

CANO -Creo que el tipo ese es un charlatán y no se cree ni la mitad de las cosas que dice.-

---

[5]Fragmento de poema en *El Profeta*, de Khalil Gibran.

ANDRÉ -Tienes razón. Me llamo André.-

CANO -Lo sé... Yo soy Cano-

ANDRÉ -La gente se inventa siempre cómo engañarse a sí misma; les encanta la ilusión de seguridad que les dejan sus propias mentiras... -

CANO -... son felices porque no saben nada de nada; y siempre prefieren ser felices y nada más... -

ANDRÉ -¿Qué se le va ha hacer? Las mentiras sirven para consolar, ¿no?-

CANO -Será. ...y las que se tienen por verdades todavía más...-

CURA -Hermanos, hermanas, queridos amigos, recordemos las palabras de Jesús en San Lucas, que decía: "Yo os digo, amigos míos que no temáis a los que matan al cuerpo y no pueden hacer más (...) Temed al que después de haberos matado puede arrojaros al infierno." [6]

André se traga la voz del cura con la misma actitud y molesto por las palabrerías.

ANDRÉ (VO) -¿Será quizá que los curas y los predicadores sean como esos políticos de cartelera, que no viven más que para halagar los oídos de los tontos, con hipocresías y sandeces?- [7]

CANO (VO) -Es asqueante ver cómo viven tan confiados en sus palabrerías y cómo se creen lo que prometen sus mentiras...-

---

[6]San Lucas; 12.4-7.

[7]Adaptación de un fragmento de Erasmo de Rotterdam en *Elogio de la locura*.

ANDRÉ (VO) -...y sin pelos en la lengua lo prometen a los demás...-

CANO (VO) -...que gustosamente lo creerán...; sí, así porque sí.-

Pausadamente y, a la vez, llevando su mirada al público.

-Padecen del virus de la credulidad.-

CURA -Dios, Todo Poderoso; Hacedor de Todo en Todo. Creador del Bien y lo Bueno...-

La última palabra apenas se distingue de la voz sínica de Cano, que la opaca.

CANO (VO) -...y del Mal y lo Malo... ¿Por qué siempre saltan esa parte?-

Mr.($) permanece pensativo unos instantes, indeciso sobre cómo abordar la situación pero sin expresar debilidad de carácter. En un tono pausado, como si lo tuviera pensado fríamente de antemano decide actuar con un tono de humildad fraternal para no herir... demasiado.

MR.($) #5 -No, no, no, no puede ser... lo siento. Disculpa, eh, ¿André, no?-

EMIL - ¿Yo?... *(confundido)* No, Emil...-

MR.($) #5 -Sí, sí, perdona... es que con tantos nombres me he liado un poco, ¿sabes?... los años... Mira, es que no he podido dejar de pensar en la escena que contaste hace un rato... y no es que no estuviera prestándote atención ahora... es que me has hecho pensar y... bueno, te seré franco: hay cosas que no pueden ser… ¿Por qué esa burla?-

Emil no tiene idea de a lo que se refiere y expresa extrañeza.

MR.($) #5 -Sí, sí, perdona... no es que sea religioso ni nada de eso, aunque claro, todo el mundo tiene sus propias creencias... pero mira, yo soy un tipo liberal, ehh, de mente abierta, educado y culto... con estudios universitarios... you know? Pero la compañía... *(se retracta para sí)* este... *(en tono paternal-patronal)* vivimos en una sociedad conservadora y tú lo sabes, muy conservadora y... claro, religiosa... y no es que tenga yo... ehhh, pero vamos, te hablaré con honestidad, de hombre a hombre: (…) ten cuidado, no vayas a caer en un pozo por ir mirando al cielo...-

Emil se muestra comprensivo y atento a estas últimas palabras en las que reconoce cierta sabiduría, como quien se las apropia y las saca de contexto para interpretarlas como le venga en gana. Pero quien tiene la palabra impone su sentido.

-Lo que te quiero decir con esto, y no me tomes a mal, por favor, es que en el gran mercado del mundo la gente compra lo que cree y de cierto modo cree porque puede comprar artículos que engorden su fe...

Bueno, que no quiero sonar muy intelectual -que hay creencias puestas en venta en todas las vitrinas del globo... en fin, que la fe vende y no hay por qué ofender a los crédulos... que son la base de nuestra economía de mercado... la sociedad de consumo consume fe como cualquier otra mercancía, confunde hipocresías con creencias y cuentos con religiones tanto como compra y vende pecados... ¿Entiendes lo que quiero decirte? Que en fin...-

Emil lo interrumpe prediciendo lo que Mr.($) iba a decir...

EMIL -...que tenga cuidado, ¿no?-

Recogiendo sus cosas levantándose y en tono molesto...

-...que no vaya a caer en un pozo por ir mirando al cielo... sí, yo también conozco esa historia...-

Emil empieza a irse mientras Mr.($) le habla. La voz va disminuyendo a la vez que la luz, hasta que sale de la escena quedando completamente a oscuras...

MR.($) #5 -Óyeme, pero no te molestes... era una simple observación... solamente tendrás que hacer unas cambios menores a tu libreto... porque sabes que estoy interesado y...-

Emil baja de la tarima molesto, refunfuñando y maldiciendo entre dientes, frustrado. Todo se oscurece en tarima. Camina apresuradamente, como queriendo recuperar el tiempo que había perdido con Mr.($) #5. Sale a sentarse entre el público y comienza a escribir la siguiente escena...

Emil (d)escribe la escena teatral que sigue a lo que ya aconteció en cine.

EMIL -André pasea distraído entre las tumbas. Al fondo del pasillo escucha una voz de mujer, que entona una melodía triste, entristecida; abatida. Se le acerca. Ella lo ignora. Habla sola, respondiendo a la voz de su sombra... que André no escucha. Lleva en su voz la angustia de la soledad. Su muerte la representa con decaimiento y frustración. Una vez quiso ser actriz y cantora, pero algo que nunca sabremos tronchó sus deseos...

SOMBRA (VO) -Mujer, ¿por qué no dejas de callar?-

La mujer ignora la voz de su sombra pero, indiferentemente, reacciona y se sienta. La sombra se levanta y se le acerca.

-¿Por qué te empeñas en sentirte tan sola, si me tienes a mí?-

La mujer mira sutilmente sobre sus hombros, como si la buscara sin querer encontrarla. Ella musita su insistencia.

-¡Háblame! ¡Vamos, cántame!-

La mujer responde entre dientes, como si se hablara a sí misma.

MUJER -¿Dónde estás?-

Se voltea a buscarla y se levanta. La sombra está a su espalda.

-¿Por qué te escondes?... Esa voz... tan débil... tan cerca...-

La busca, esta vez decidida a encontrarla.

-¿Quien eres?-

SOMBRA (VO) -Sabes muy bien quien soy, amiga mía. Soy yo, tu sombra.-

Antes de finalizar (tu sombra) la mujer la interrumpe agresivamente, molesta.

MUJER -¿Qué quieres?-

Su sombra responde con dulzura maternal, mientras ella suspira muecas burlonas.

SOMBRA (VO) -Antes acostumbrábamos a conversar horas tendidas, con el sólo temor de que cayera la noche y ya tuviera que retirarme con la palabra a cuestas, y tú quedar sola, sin mí... tu mejor amiga.-

Colmada su paciencia, la mujer aumenta con rabia su tono de voz hasta gritarle.

MUJER - ¡Vete! Por favor, vete. ¡Vete de una vez por siempre! No quiero que me hables más. ¡Vete! ¡Déjame en paz!-

En voz baja, extenuada emocionalmente, insiste.

-Te lo suplico, vete ya.-

Su sombra ignora la rabieta histérica e insiste.

SOMBRA (VO) -Anda, cántame una melodía alegre, vamos...-

MUJER - ¡No! Sabes que no puedo...-

Pausa pensativa y contesta espontáneamente a la sombra.

-No tengo alegrías... y si las tuviera, ¿para quién las cantaría?-

SOMBRA (VO) -¿Ya ves? Te has decidido a hablarme.-

La sombra se desprende del cuerpo de la mujer y se le presenta de frente.

-Ahora, sincérate conmigo, vamos, sin palabras agrias, sin impacientarte...-

La mujer no se sorprende. La interrumpe entonando una melodía, como ignorándola nuevamente. Varios segundos después decide hablarle.

MUJER -Ya te lo dije mil veces: No merecían mi voz... (*Para sí*) Me maltrataron. No tenía lo que me pedían... y si lo hubiera tenido tampoco lo querría dar. No podía. Lo sabes bien. Me tenían por loca, ¡ja! A mi...-

La mujer se interrumpe a sí misma con la misma melodía. Un juego de luces representa el paso acelerado del tiempo. Se acerca la noche.

-Quizá tenían razón después de todo.-

Se dirige al público.

-Me refugié en mi locura porque me sentía libre y segura en ella. Libre, porque la libertad se vive solamente en la soledad… y segura, sí, de que nadie me entendiera nunca… Porque quienes decían comprenderme esclavizaban lo más íntimo de mi ser…[8]-

SOMBRA (VO) -A mí también me asquea tanta hipocresía…-

Se voltea a mirarla y ya no está.

MUJER -Será…-

La noche cae y la sombra desaparece. André por fin comprende que hablaba con su sombra, que la sombra hablaba con ella. La mujer se sienta contra la pared del mausoleo, con los brazos alrededor de las rodillas y la cabeza entre las piernas. André se retira tarareando la misma melodía. Se voltea con indiferencia, lo mira alejarse y entre tarareos vuelve a cantar.[9]

-Sabe Dios qué angustia te acompaño, qué dolores viejos calló tu voz…

---

[8]Adaptación de verso de *El loco,* de Khalil Gibran.

[9] Adaptación de canción *Alfonsina y el mar* de Mercedes Sosa.

...¿qué poemas nuevos fuiste a buscar, una voz antigua de viento y de sal, te requiebra el alma y la está llevando, y te vas, hacia allá, como en sueños, dormida...

Bájame la lámpara un poco más, déjame que duerma, nodriza, en paz. Y si llama él no le digas nunca que estoy, di que me he ido...-

Sigue tarareando hasta finalizar la canción, mientras va apagándose la luz. Emil se levanta y se regresa a la tarima, mientras aún se escucha la música.

LOCUTOR -…una musa imprevista lo visita y le susurra una idea que anota a toda prisa: El amor es como la muerte, sólo una diferencia los separa: el amor promete eternidad; la muerte la cumple…-

André sale del cementerio y entra a una barra que frecuentaba con amigos.

EMIL (VO) -André llega al portal de un mesón y se detiene, indeciso. Entra… ve a sus amigos y por un instante olvida que está muerto…-

André avanza a saludarlos como de costumbre.

-Lo ignoran, se resiente y se devuelve a la misma tristeza que lo acompañó hasta ahí… Su ex-novia está con un amigo… Se toquetean con la habitual prudencia que exigen las miradas recatadas en los espacios públicos. -

Están cogidos de manos, besándose y acariciándose.

-André la mira… triste… pensativo.-

Se ilumina la escena en tarima. André está sentado en una mesa del bar, desde donde habla para sí, mirando un espacio en el que no puede volver a estar. Emil estará esta vez en la misma escena que André, en una mesa igualmente iluminada al lado, escribiendo sus líneas.

> **ANDRÉ** -Yo creí en el amor. Pero ella (*la muerte*)[10] me hizo entender que casi todo lo que creía, que todo lo que sentía era mentira… una ilusión…un juego de azar en que se apuesta todo... sabiendo que se va a perder...-

Sube la música mientras André detiene su línea de pensamiento. Se iluminan otros personajes en escena, el cantor y varias personas en mesas.

Un completo silencio arropa el lugar. Se escucha solamente la voz entristecida de André. Todos siguen en lo suyo.

> -Ya no volveré a tocarla, a sentir su cuerpo, sus caricias... su voz.... su voz...-

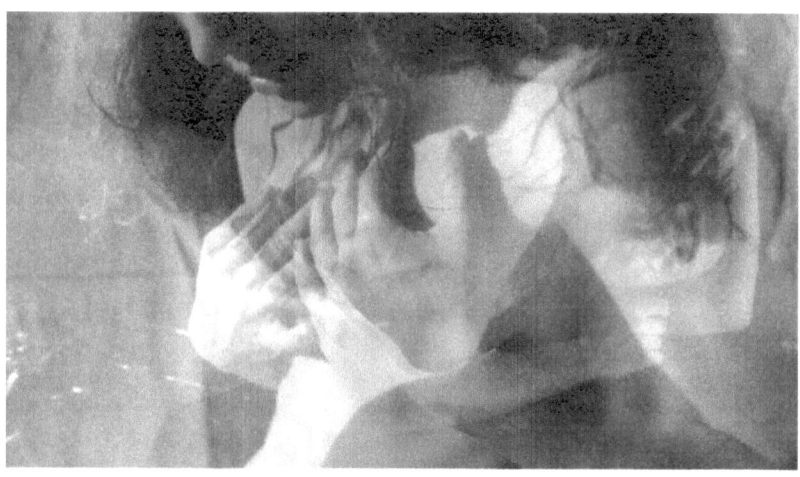

El monólogo mantiene la entonación nostálgica, pero cambia por una poética erótica. André se levanta de su mesa y se dirige al público.

---

[10] Coro de muertos. Simultáneamente, inician la oración confundiéndose con el "ella" de André.

-...su aliento... morder sus sudores y arrebatarla de caricias sucias y gemidos pecadores... erizar su piel y reventarle de ganas los pezones... violar todas las prohibiciones de su cuerpo sin ley... enviciarme de sus olores y emborracharme de sus adentros... saborearla y aguantar su reto hasta rendir el último de mis dedos... asfixiarme entre sus piernas y tragar sorbo a sorbo sus húmedas pasiones... hasta adormecer cada fibra de mi lengua... y dolerle a besos hasta quedar maltrecho y caer rendido al fin a sus atenciones... abrazarla moribundo o morirme sin remedio... y dejarla resucitar al muerto... para matarlo de nuevo...-

-Ya no volveré a tocarla, a sentir su cuerpo, sus caricias... su voz.... su voz...-

Pausa para un suspiro. Se escucha entre el gentío la voz del cantor y su guitarra, terminando una canción de Serrat.

JUGLAR -"Nunca es triste la verdad...
        ...lo que no tiene es remedio."-

André empuja con brusquedad la mesa y se dirige al público.

ANDRÉ -¡Maldigo al cine por meterme tanta mierda en la cabeza...

...y maldigo la poesía decadente! ...y las canciones deprimentes de la radio también!
...y también al teatro! ...maldigo al teatro!-

Mira a Emil.

-...y al autor que me ha inventado y condenado a ser estas líneas maldicientes!-

Emil ha dejado de escribir durante estas últimas líneas, como si el personaje se hubiera independizado del autor. En la última línea André mira a Emil, que levanta la cabeza y en el instante en que va a decir las últimas palabras se miran fijamente, inmóviles unos segundos. Oscurece la escena.

***

Emil aparece en la oficina de Mr.($) #6.

EMIL -André la mira con el deseo en carne viva, pero sus palabras reflejan los celos mortales que lo angustian... Se levanta empujando la mesa con brusquedad, la copa cae al piso y se rompe. Todos miran, pero no ven a nadie. André ya no está...-

Mientras Emil termina estas líneas, Mr.($) #6 se recuesta en su silla acomodándose para intervenir. Las manos en postura de rezo en su boca. Seguido presionando la punta de los dedos sobre su nariz, como quien reflexiona profundamente, o sabe aparentarlo. Formal, cortés y diplomático, monologa su razón.

MR.($) #6 -No está mal, nada mal, aunque tengo que hacerte algunos comentarios, constructivos, por supuesto. Te seré franco. Me parece que hay escenas de las que puedes prescindir, no porque están de más, nada de eso, claro, pero por una cuestión esencial en la industria del cine: la economía del tiempo.-

Emil se muestra interesado.

-Y me explico... y si me permites te daré un ejemplo. Esta escena de la mujer loca, la que habla con su sombra... ehhh, podría dar la impresión de que está...mmm ...traída por los pelos, como se suele decir. Yo, y si me disculpas, la eliminaría, y quizá también una que otra más, como la que contabas hace un rato, la de la niña malcriada, estee...-

EMIL -¿Camila?-

MR.($) #6 -Sí, esa...es demasiado larga y... creo que le das más importancia de la que deberías darle...-

Emil se recuesta y cruza los brazos.

-Y teniendo en cuenta que en el mundo del séptimo arte el tiempo es oro, y no porque todo lo importante pueda medirse con dinero, sino porque como todo Arte en estos tiempos, no puede pensarse y mucho menos realizarse sin dinero. Ahorrar tiempo es capitalizarlo y, como te dije, en la industria del cine el tiempo es oro...

Además, a la gente le gusta que vayan al grano, y eso tú lo sabes. Hay que pensar en el público... Por cierto, ¿por qué no conviertes tu película en un cortometraje? Sería más realista y, que no creas que subestime tu obra, nada de eso, pero hoy en día eso es lo más sensato... los cortos, los cortometrajes... el nuevo arte de estos tiempos... breve, conciso, al grano y, por supuesto, económico.

Piénsalo, en serio. Tienes tela de donde cortar, un buen tema: este muchacho que está muerto y visita como fantasma a su enamorada, eso no necesita tanto tiempo y el tema es oro. Así, algo concreto, que no sea muy largo... diez a quince minutos... para que la gente no se(a)burra... no sé, te lo digo sólo con la humilde voz de mi experiencia... Pero dime, ¿qué te parece?-

Emil se levanta lentamente de su silla, despacio pero con firmeza, molesto pero controlado.

EMIL -Quien no tenga tiempo para estar, ¡que no esté! ...quien no quiera quedarse, ¡que se vaya!-

Intermedio

Durante los quince minutos de intermedio se mantiene la proyección en pantalla de cine. Se presentan imágenes de la ciudad y los marginados de sus favores y atenciones, los deambulantes. Música y letra del cantautor Gamaliel Pagán.

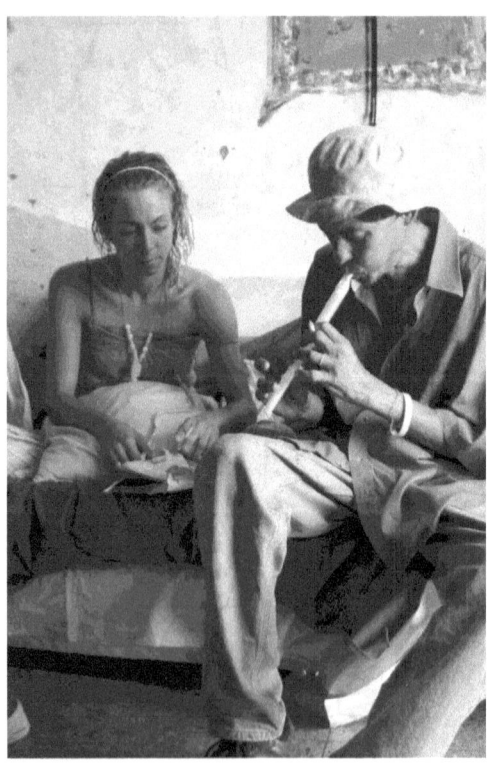

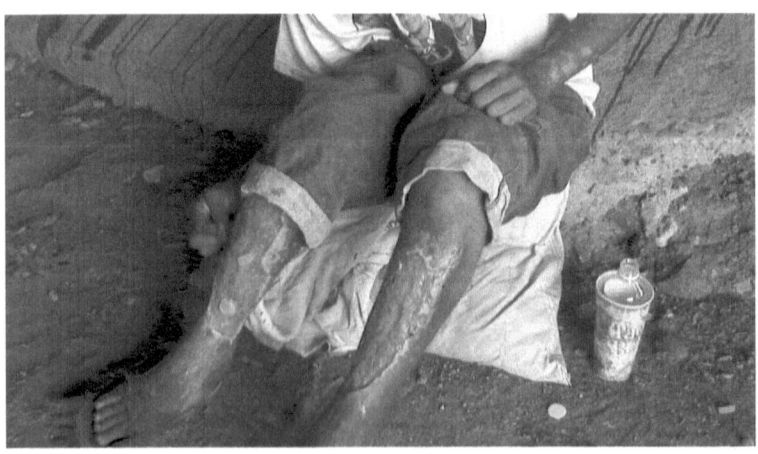

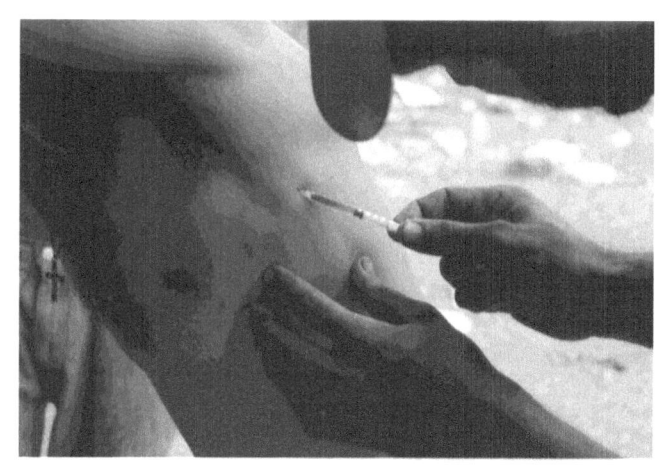

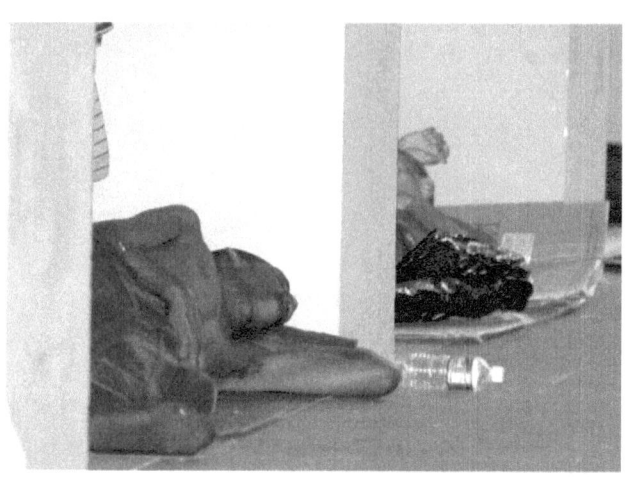

Parte II

XIV. La llegada de Camila

Emil aparece en la oficina de Mr.($) #7.

> **EMIL** -Camila aparece acostada, encogida sobre sí, al pie de una tumba con una inmensa virgen de piedra guardándola, como si hubieran querido guardársela después de muerta.-

Mr.($) hace un gesto de incomprensión pero no interrumpe. Camila se acerca a un muerto que la ignora. Lo intenta con otro, y con otro.

> -Se levanta confundida... La ignoran... Se inquieta... Desespera.-

Corre de lado a lado confundida. Se tropieza con los muertos hasta chocar con André. Con tono de hermano mayor o viejo amigo André la detiene y sujeta.

> **ANDRÉ** -Tranquila.-

Camila forcejea para soltarse.

> -Tranquila, chica, que no vas pa' ningún lao.-

Camila se detiene en seco y lo mira como preguntándole qué quiere decir con eso. André responde a su gesto, silente pero fuerte, con cruel honestidad.

-Niña, no andaré con rodeos. Dicen que las malas noticias deben ser siempre las primeras, a ver si de suerte las próximas nos consuelan. Estas muerta.-

Camila se suelta de su mano y lo empuja de mala gana, tambaleándose levemente, como embriagada. Molesta refunfuña y le responde.

CAMILA -¿Qué te crees, que soy estúpida? ¿Ah? Lo que sea, te equivocas ¿ok? ...niño!-

Actuando confundida y un poco nerviosa, tan seria como asustada y mareada murmura para sí.

-¿Qué pasa?-

Se recuesta contra la pared de una tumba del mausoleo y se desliza hasta caer sentada. Se toca las sienes aguantándose la cabeza.

-Quiero irme a casa... me siento mal... mi cabeza... todo da vueltas... (*entre dientes, para sí*) ¿qué me está pasando? (...) ¿Quiénes es esta gente? ¿Qué hacen?...me quiero ir...-

André la vuelve a interrumpir.

ANDRÉ -Me llamo André. Te estaba esperando...-

Camila lo interrumpe con mal carácter.

CAMILA -Oye, ¿qué? ¿No entiendes? !No me importa¡ ¡¿Qué parte de "me quiero ir" no entiendes?! ¿Ah?-

Pausa y baja el tono de voz.

-¿Me vas a ayudar? (...) ¿Por favor?-

André no le contesta y con amable dulzura cambia el tema.

ANDRÉ -Leí tu carta. A él puede leerlo cualquiera, pero no cualquiera puede comprenderlo (...) sentirlo...-

Camila se hace la desentendida y trata de cambiarle el tema, pero baja el tono de voz sin suprimir por entero su irritación.

CAMILA -Pero, ¿qué dices, niño? ¿De qué hablas?-

ANDRÉ - André... Creo que te le acercaste demasiado...-

CAMILA -¿Sabes qué creo yo? Que quizá llevas demasiado tiempo entre tantas cruces y estatuas... O no, no, creo que el salitre te enmoheció el cerebro, eso es, como ha hecho con to' esos crucifijos de hierro....-

André la ignora y recita fragmentos de la carta secreta de Camila.[1]

ANDRÉ -"Me he despedido muchas veces de la vida. Me decía en lo más hondo de mi corazón: la existencia está sellada. ¿Qué más andas buscando en ella?"-

Camila se voltea a él y lo mira sorprendida. Se encoge un poco sobre sí, cierra los ojos como buscando equilibrio y le toma de la mano mientras continúa...

ANDRÉ -"No hay sitio para ti: sepárate de todo, pon una cruz sobre lo que has sido...-

Con lágrimas en el rostro, Camila armoniza la voz de André.

ANDRÉ / CAMILA -...y otra mayor sobre lo que habrías podido ser..." -

André calla. Camila recita mirando por encima del público.

---

[1]La carta de Camila son fragmentos de Cioran en *Breviario de los vencidos.*

CAMILA -"...arrastra tu cuerpo por la tierra, rásgate las vestiduras y has trizas tus antiguas creencias, arráncate el pelo del cráneo asesino de esperanzas (...) y con brazos crueles que desaten tu cuerpo"-

ANDRÉ / CAMILA -"...suprime la memoria de azar que fuiste."-

***

A Mr.($) se le escapa una breve sonrisa burlona que interrumpe el relato de Emil .

MR.($) #7 -No, no, sigue... sigue... perdona *(aguantando la risa)* es que me acordé de algo... sigue, sigue, vamos...-

***

ANDRÉ -Lo que no entiendo es por qué; tú... tan joven...-

Lo interrumpe.

CAMILA -¿Qué? ¿Qué quieres decir? ¿Crees que las "niñas" *(acentuando la palabra)* no sienten de verdad?

¿Acaso las penas están reservadas sólo pa' los mayores?-

ANDRÉ -No he dicho que seas una niña...-

CAMILA -Sí, lo dijiste...-

ANDRÉ -No, no es cierto...-

CAMILA -Sí, es verdad, pero no importa. Nunca dejé de serlo. No tenía tampoco planes de eso… La soledad no reconoce edades, ni el dolor, ni las penas, ni la miseria, ni el sufrimiento...-

ANDRÉ -El amor tampoco...-

CAMILA -Tampoco la muerte…-

Mr.($) #7 ya no puede contener su risa y se desboca a carcajadas. En todo momento mantiene un tono burlón.

MR.($) #7 -Es que tengo que serte honesto, de verdad *(tratando de aguantar la risa)*, pero es que me parece ridículo *(sigue riéndose)* tanta palabrería y cursilerías… tantos clichés… eso son mariconerías...-

-"El amor tampoco *(parodiando a Camila y André)* y tampoco la muerte, tampoco la muerte -

-Y esa carta ridícula, ¿de dónde la sacaste? ... *(parodiando la carta)* "Me decía en lo más hondo de mi corazón: la existencia está sellada."

-Te digo, francamente, eso son paterías... y tú sabes que eso no le gusta a la gente... ese romanticismo de panfleto, rebuscado sabrá Dios dónde...-

Se le acerca por la espalda, empieza a acariciarle el pelo, a pasarle la mano por los hombros... a hostigarle. Cambia el tono de voz y la risa se torna maliciosa, de pretensión seductora.

> -Pero no es que me esté riendo de ti, porque me pareces una persona tan interesante... seguro que si nos conocemos mejor puedes entender mi risa y reírte también de ti mismo... conmigo.-

Emil le quita su mano de encima, recoge sus cosas sin decir nada y se va. Mr.($) #7 sigue con su risa pero empieza a ahogarse, asfixiarse. Se toca el corazón y hace un esfuerzo por respirar. Abre un pote de pastillas y no le quedan, cae sentado en su silla y muere.

Su personaje aparecerá después entre los muertos, riéndose a carcajadas, solo, sin dejar de morir de la risa.

XV. Confesiones

Aparece Emil en otra oficina, con el octavo Mr.($). Esta escena fortalecerá el personaje de Camila. Ella no necesita dar razones para ser como es. Hace lo que siente, cuando lo siente.

> **EMIL** -Camila aparece sentada en las escaleras del mausoleo, distraída.-

Da la impresión de que se ha recuperado de la escena anterior y que nada le ha afectado.

> -Pensativa, triste… callada.-

***

André está a su lado. Al fondo del pasillo se ve la mujer hablando a su sombra. Tararea una melodía melancólica.

> **CAMILA** -¿Qué le pasó a esa mujer, André?

André se encorva de hombros sin respuesta.

> **CAMILA** -Hay penas que nadie puede entender. A veces ni una misma se las entiende…-

En voz muy baja, como respondiéndose para sí.

ANDRÉ -Lo sé.-

CAMILA -...y están ahí, chico (...) y a veces nos duelen tanto y tanto que de tanto no poder soportarlas nos acostumbramos a vivir con ellas...-

André la mira. Ella sigue hablando, desahogándose. No lo mira.

-...y no las dejamos ir (...) como si no pudiéramos vivir sin ellas (...) como si las penas fueran lo que nos anima a vivir... o a morir... Si los muertos escribieran...-

ANDRÉ -¿Para qué?-

CAMILA -Es verdad, ¿quién los leería?-

ANDRÉ -A nadie interesa lo que tenga que decir un muerto.-

CAMILA -...pero escriben de ellos con tanta seguridad... como si fueran los mismos muertos los que dictan sus palabras...-

André la escucha, la atiende con la mirada perdida. Ella divaga en su reflexión.

-Hay quienes mueren por lo que dicen los muertos... Hasta matan por lo que dice un muerto... y ellos, calladitos sin decir ni una sola palabra...-

ANDRÉ -Hablan de los muertos como hablan con Dios...Creen que les escucha y les da razón porque no les responde.-

Los muertos vuelven sus rostros hacia ellos, como si hubieran escuchado esta línea y les hubiese molestado. Sin percatarse, en tono de coincidencia, reflexivo y resignado, Camila asiente. Se levanta y, de espaldas al cementerio, habla frente al público.

CAMILA -Me gusta escribir... fugarme con mis palabras; dibujar con ellas; quejarme con ellas; acariciar a otras personas con ellas; pelearme y contentarme con ellas... disfrazar mis sentimientos con ellas... desnudar mis penas entre ellas. ...a veces son lo único que tengo... Aunque a veces me dejen sola; aunque a veces me entristezca que no quieran jugar conmigo... aunque a veces las sienta traicioneras...-

Camila se voltea de nuevo hacia André, y cambia el tono de voz como queriendo animarlo, y animarse ella a la vez...

CAMILA -¿Sabes que hago cuando no me sale escribir, André? Canto...-

Baja la iluminación de esta escena con la voz de Emil, que la interrumpe bruscamente, como si no quisiera perder otra idea que parece improvisar...

XVI. El deambulante

EMIL -Al pie de una inmensa tumba, sobre cartones y recostado contra la pared, un deambulante, vivo.-

Un carrito de compras con latas y porquerías; ropa vieja, sucia; zapatos rotos...

-Una botella de ron medio vacía, o medio llena para él que apenas tiene... Fue una vez escritor. No está completamente loco. Sabe demasiado de la vida... Quizá por eso deambula lo que resta de ella...-

***

DEAMBULANTE -Oye. Sí, tú, ven acá. Siéntate aquí. No tengas miedo anda, siéntate...-

André se acerca extrañado. No puede creer que le esté hablando. Se sienta a su lado y el deambulante le habla, pero sin mirarlo directamente, como si estuviera ciego.

-No habrás visto por ahí mi maquinilla, la dejé por aquí y no la encuentro… y mis papeles, ¿dónde se habrán metido? Hace díííías que no escribo…-

-Soy escritor, ¿sabes? …tengo ideas en la cabeza que no encuentro… (*Bromeando*) Digo, que no encuentro las ideas porque la cabeza está aquí (*se la toca*), justo donde la dejé la última vez… -

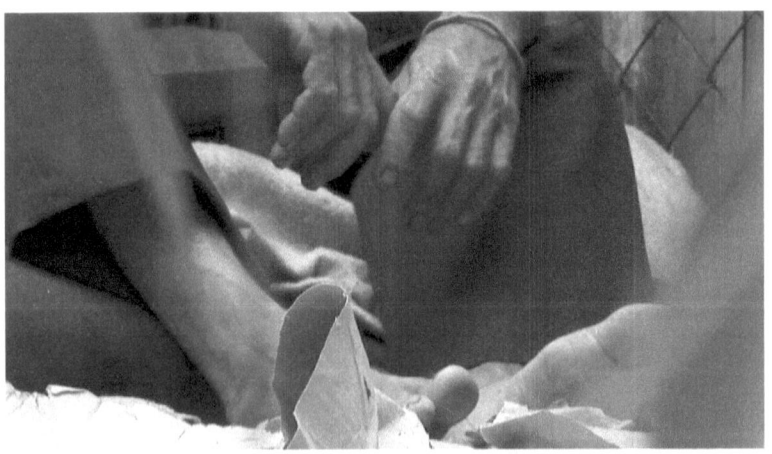

-Escúchame bien, muchacho: no es que tengamos poco tiempo sino que perdemos mucho mijo, así es, perdemos mucho…-

Se da un trago de ron.

-Mírame bien.-

Se levanta, con algo de esfuerzo. Sale de escena y dirige sus palabras al público, con entonación reflexiva y catedrática.

> -Cuando malgastamos la vida… se nos va sin darnos cuenta… y la muy puta ni se detiene ni decelera ni un poquito pa' esperar por nadie...-

Señalando al azar entre el público.

> -Ni a ti… ni a ti… ni a usted tampoco… ¿me entiende? El tiempo es con lo único que deberíamos ser egoístas.-

Vuelve a escena. André coincide con las palabras del vagabundo, olvidando que se trata de un vivo… o que él mismo ya estaba muerto.

> -Mira mi'jo, tanta mierda no vale la pena. El mundo sigue dando vueltas y uno aquí, jodío, ya ves... Mañana será otro día. Es lo único seguro que tenemos (...) en lo que Ella (*la muerte*)[2] se decide al fin y atiende la cita...-

Se da otro trago de ron y mete la botella en el carrito de compras. Lo agarra y camina yéndose. André se queda con las ganas y hace gestos de detenerlo pero

---

[2] Coro de muertos.

no dice nada. Lo ve irse. Varios pasos más adelante el deambulante se vira hacia él.

-¡Justo cuando aprendí a vivir empecé a dejar de hacerlo! ¡Soy un pendejo! Nada más. ¿Qué otra cosa quieres que te diga? Ya me tocará, lo sé...-

El deambulante se voltea y sigue su camino. Se detiene, lo mira un instante y recita una estrofa del libro De la brevedad de la vida, *de Séneca. Todos los muertos harán coro de trasfondo, susurrando.*

-"Nadie te devolverá tus años, nadie te devolverá a ti mismo. Seguirá su camino la existencia y no cambiará su curso ni detendrá su carrera...-

-...no hará ruido ni te advertirá su velocidad: avanzará silenciosamente... no se desviará a ningún sitio... en ninguna parte se detendrá."-

Sale de la escena. André, entristecido por la partida del viejo, se sabía el pensamiento y lo completa entremezclando su voz con la del viejo deambulante hasta terminarlo. Los muertos no hacen coro.

ANDRÉ / DEAMBULANTE -"Que estás ocupado y la vida sigue aprisa; y entre tanto, se presentará la muerte, a la cual, quieras que no, tendrás que rendirte."-

Camila interviene con tono cínico.

CAMILA -¿Sí? ¡Qué bien! Pues creo que el viejo ese está bastante jodío como pa' andarse dando lecciones... que se ahorre esos sermones pa' los vivos André, que los muertos ya hace tiempo que perdimos... no lo olvides...-

Volteándose hacia el público.

-...son los vivos los que todavía tienen algo que perder...-

Dirigiéndose a los espectadores.

-¿No se dan cuenta?-

Da media vuelta y molesta sigue su camino. André le sigue los pasos guardando distancia, como distraído todavía por las palabras del viejo deambulante. Se desvanece la escena.

***

Mr.($) #8 no dice nada y Emil, extrañado, hace el aguaje de preguntarle, pero justo en ese instante, éste interviene.

MR.($) #8 -Fíjate, he estado prestándote mucha atención, en verdad, y creo que tienes un mensaje muy importante que comunicar. Esta sociedad está enferma, eso todo el mundo lo sabe, y hace falta gente joven como tú, comprometida por sanar nuestras heridas como sociedad. Y la herida más profunda, ¿sabes cuál es?-

No le da tiempo a reaccionar y se contesta a sí mismo.

-La Moral, hijo, la Moral. Esta sociedad está corrompida hasta el tuétano, nuestro espíritu patrio está agangrenado...-

-Pero no quiero darte un sermón, porque tú te ves que eres una persona inteligente y que comprendes muy bien los males de esta sociedad, la crisis de los valores, la inmoralidad rampante...

Te hablaré con el mismo amor que habla un padre a su hijo, con la verdad. Creo que esa muchacha, Camila, le quita a tu película. Lo cierto es que... confunde. No a mi, claro, porque sé que eres un buen muchacho y no vas a andarte en esas, pero, para los demás... no me parece precisamente un buen ejemplo. Piénsalo. Nuestra juventud, tan descaminada en estos tiempos. Creo que es, ¿cómo te digo?, demasiado rebelde; irrespetuosa; irreverente y, para serte sincero... no digo que la elimines, pero me parece que debes modular su parte en la película, afinar su *character* con los valores morales de nuestro pueblo…-

-No, esa muchacha…-

EMIL -Camila.-

MR.($) #8 - Camila, no es un buen ejemplo, y un cine que no represente modelos ejemplares a emular, que contraríe los buenos modales, como el respeto a los adultos y a nuestros valores culturales, simple y sencillamente, no debería existir…-

-Sí, sí, creo que debes eliminar a ese personaje... y ese lenguaje, grosero... deberías evitar las malas palabras... Imagínate a tu abuelita, o a tu mamá, viendo esta película, ¡se espantarían! ¿Me entiendes?-

Ambos actores se paralizan mientras oscurece la escena. Indignado e inspirado en el sermón de Mr.($) Emil imagina otra escena para su película...

Prostitutas ofrecen amor barato en la otra esquina. El deambulante duerme al otro lado de la calle. Pasa un carro, apaga las luces, pide droga a un muchacho y compra... Adentrado en el callejón una pareja se grajea. Se ven gestos de un pudor insoportable y se escucha el cuchicheo de desaprobación e indignación de unos muertos/as moralistas. Se ilumina la escena.

MUERTA MORALISTA #1 -Ave María purísima, Dios Santo, ¿que veo? Satanás...Lucifer, Belcebú... ¡esta juventud! ni a los muertos respetan...Virgen Santa.-

MUERTA MORALISTA #2 -¿A dónde vamos a parar? En mis tiempos no se veían estas cosas... las muchachas se quedaban virgencitas en sus casas, cuidándose de las manos sucias de esas fieras impúdicas de dos cabezas... -

La voz de André interrumpe sus quejidos. Camila y Cano le acompañan.

ANDRÉ -El pudor entre los muertos es como la vergüenza obsesiva entre los vivos (...) no se besan en público (...) les asquean las caricias...-

CANO -...porque tienen a mal sus propios cuerpos...-

Un muerto grita indignado.

MUERTO #1 -¡Pervertidos!-

ANDRÉ -Reprimidos…-

MUERTO #2 -¡Enfermos!-

CANO -Represores…-

MUERTO #1 -¡Bellacos!-

Camila, indignada, irrumpe contra los reproches de los muertos.

CAMILA - ¡Comemierdas!-

CAMILA -¡Son todos unos comemierda! ¡¿Me oyeron bien?! ¡¡¡Comemierdas!!!-

Unas prostitutas, no se sabe si vivas o muertas, se acercan a André y se le ofrecen durante el camino. Sólo dos de ellas se escuchan a viva voz. André las ignora y las rechaza, sin ofensa.

PROSTITUTA #1 -Oye belleza, que hoy estoy de buenas, aprovéchame...-

PROSTITUTA #2 -Mira chico, que esa niña no te da la liga, vamos, anímate, que la noche ya se acaba...-

ANDRÉ -No amiga, esta noche no... Será otro día...-

TRAVESTI -Mira hermosura, aprovecha, que las muertas gozamos y no cobramos...-

Camila acelera el paso, hasta el muro que da al mar, donde se suicidó. Se atenúa la iluminación del cementerio y se centra la iluminación en Emil.

Camila aparece a la distancia riñéndose con otros muertos. No importa por qué. André la observa desde la muralla que da al cementerio. Aparece André al lado de Camila tomándola del brazo, insistiéndole que se tranquilice y se vaya con él. No mira a los otros muertos, como coincidiendo con ella pero sin ensuciarse las manos.

> **ANDRÉ** -Vente chica, que no vale la pena...-

> **CAMILA** -¿Qué te pasa, "chico"? ¡Suéltame! No ves que son unos imbéciles. Alguien tiene que decírselos, coño...-

> **ANDRÉ** -Lo sé, vamos...-

> **CAMILA** -¡Que no, te dije!-

André la suelta y desiste molesto. Se aleja. Murmura para sí.

> **ANDRÉ** -¡Terca, coño! No sabe en lo que se está metiendo...-

Apagones intermitentes representan pasar del tiempo (música).

PARTE III

LOCUTOR -Indignado y angustiado por tan y tantas razonables sorderas, Emil revienta en un ensordecedor silencio...-

La historia del Locutor es interrumpida por un individuo que se le acerca y le entrega una carta. Sin mediar palabras da por entregado el documento y se retira. Él no se levanta de su silla. Lo lee para sí. Al finalizar lo estruja y se aguanta las ganas de llorar. Se le escucha sollozar, mientras se apaga su escena. Durante algunos segundos queda en silencio y a oscuras.

Vuelve a iluminarse el cubículo radial en tarima y en cine se proyectan imágenes alusivas al poema que recitará el Locutor. Será una adaptación teatral y musicalizada del poema El Cementerio, de Vicente Palés Anés.[3] La misma será interpretada inicialmente por varios personajes, hasta quedar a solas el Locutor, en la última intervención de su personaje.

---

[3] En 1889, Vicente Palés Anés escribió su poema *El Cementerio*. En 1913, a los 48 años, lo leyó en el Teatro de su pueblo natal, en Guayama. Momentos después murió.

LOCUTOR -"...no hay nada tan doliente y funerario, tan empapado en lástima y misterio cual de la muerte el tétrico santuario como el callado y triste cementerio...-

-El cementerio, el tenebroso asilo en donde el hombre en polvo se derrumba, donde duerme tranquilo...-

Los muertos murmuran a coro estas líneas.

-...con el pesado sueño de la tumba.-

JUGLAR -Donde se extingue la grandeza humana y el vano orgullo del mortal se abate...-

LOCUTOR -Es la ciudad augusta de la muerte, es la final etapa del camino, la postrera emboscada de la suerte, el último sarcasmo del destino.-

Imágenes en video acompañan la descripción.

JUGLAR -Pomposos mausoleos, coronados de estatuas sepulcrales; símbolos de tristeza... ...oscuros hoyos en la tierra abiertos...-

LOCUTOR -A la piedad, al sentimiento esquivo, cómo se burlan de los pobres muertos con su insolente carnaval los vivos.-

Los muertos murmuran a coro estas líneas.

-La muerte es para todos una misma...-

JUGLAR -...la muerte no distingue, no señala, a todos en el polvo los abisma...-

CORO DE MUERTOS -(*Murmuran*) A todos en el polvo NOS   iguala.-

LOCUTOR -Habrá desemejanza en la existencia, mas somos todos en la muerte iguales...-

Las imágenes visuales marcan la contradicción, las marcadas diferencias entre clases sociales.

CORO DE MUERTOS -A todos en el polvo NOS iguala.-

-Ese duro contraste horror inspira; ante la huesa que humilde respira, el sarcófago egregio es la más cruel mentira, el más atroz, retorcido sacrilegio.-

-Al ver la humilde y escondida fosa al monumento
su hermosura le engríe, de vanidad rebosa, y con
escarnio y con desprecio ríe...-

-...alza orgulloso su marmórea frente; su cruz
luciente de bruñido cobre, su majestad y su
grandeza siente y es el rico insolente que su postrer
insulto arroja al pobre.-

Las estatuas mimo vuelcan bruscamente sus miradas al público.

JUGLAR - ¡Estúpida ambición de los humanos!
¡Ridículo afán de sus locuras! ¡Un trono levantar a
los gusanos! ¡Un palacio erigir a la inmundicia!

LOCUTOR -¿Qué es el orgullo y el poder del hombre? ¿Qué su fama, su pompa, su renombre? ¡Sólo un montón de podredumbre y fango!-

Reinicia la música. Todos los personajes de la obra, incluyendo a Emil, salen al escenario y se acomodan poco a poco a escuchar el resto del poema, algunos mirando desde abajo al Locutor, otros cabizbajos y pensativos. Todos atienden.

-Yo me he asomado al borde de ese abismo de olvido eterno y de eterna calma... Al cansar de la muerte soñadora… Allí se eleva al cielo y se evapora, cual la plegaria triste del que implora…-

-Canción de espanto, de tristeza y duelo, sobre su yerma soledad sombría, ver se parece el misterioso rielo, de la insondable eternidad vacía.-

-Tenebroso portal del infinito, en ti el humano en polvo se convierte, en ti el enigma oscuro de la muerte, con letras de sepulcro se haya escrito…

Todo es fúnebre en ti, la brisa errante que resbala flotante, librando en los sepulcros entre-abiertos parece en esa paz aterradora, plática de las tumbas y los muertos, melancólico espíritu que llora… Todo es fúnebre en ti, todo abatido; tu solemne quietud de espanto hiela…-

-…cesan en ti el pesar y los dolores, todo perece en ti, todo termina; en ti se desvanecen los amores (…) Mustia llorosa la ilusión divina.-

-…allí en tu muda soledad sombría (…) y esa eterna embustera, la esperanza;(…)-

-¡Ay! ¡Detrás de ti, nada se alcanza! Nada se alcanza, es un sueño vano; La ilusión postrimera se derrumba…-

- (*Alza la voz*) No existe nada, no, para el humano más allá del seno de la tumba… ese universo hermoso y esplendente tras de los hielos del sepulcro frío es un vano fantasma de la mente, es solo una ilusión, un desvarío.-

Los actores empiezan a retirarse de escena.

-Es hermosa y brillante fantasía la vida espiritual con que soñamos; al espirar de la existencia el día, al polvo nuestro polvo retornamos, el más allá que

el lenitivo ofrece a la humana infinita desventura,
fórjalo el pensamiento en su locura…-

-…el hombre no contento con su historia con lo
breve y fugaz de su memoria levanta por doquiera
una quimera y tal vida se forja verdadera; Y así se
inventa a Dios y así a la gloria.-

*El cementerio está vacío, sin iluminación alguna, como si hubiese desaparecido.
Solo queda iluminada la escena del locutor en tarima.*

-Dios... ¿y quién es Dios? Un vano sentimiento del corazón acaso que delira, un fantasma quizá del pensamiento, tal vez superstición, tal vez mentira.-

Apaga la iluminación del cubículo radial y continúa la voz del Locutor, que ha sido despedido. El resto del poema estará acompañado de imágenes en cine y música fúnebre de trasfondo (Réquiem de Mozart)

-El Hombre por escarnio de la suerte, mientras la hiel del infortunio apura, por solo porvenir tiene la muerte, por solo realidad la sepultura... ¡No hay salvación!...-

(pausa breve)

-...y el hombre implora a Dios, de llanto ciego; inútil esperar, inútil ruego...-

(pausa breve)

-Inmóviles fantasmas... Tristes lamentos... Todo exhala mortal melancolía...-

-Como tras de la risa viene el llanto y el pesar del placer tras el momento, como sigue al amor el desencanto…-

Pausa la voz mientras continúa la historia en cine… Sale temprano como acostumbraba para llegar a trabajar, pero esta vez sin rumbo fijo. Se detiene a descansar o a pensar en diferentes sitios, apesadumbrado por la incertidumbre del porvenir…

Se detuvo en un viejo puente solitario. Un maleante lo atraca para robarle.

Tras un violento forcejeo, lo apuñala y huye. Mal herido y ensangrentado cae de rodillas. En armonía con el final de la pieza musical, la escena centra su rostro adolorido hasta ennegrecerse por completo.

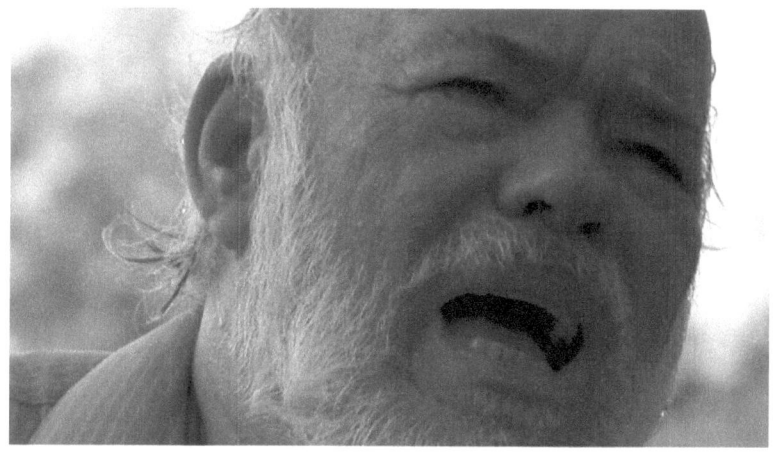

Vuelve a iluminarse el cubículo radial vacío en el escenario, decreciendo poco a poco mientras se escucha la voz del locutor recitar sus últimas líneas.

-Cuando se cumpla de mi vida el plazo y ya tristes despojos la inexorable parca en su regazo con su dedo sutil cierre mis ojos…

Abrid mi solitaria sepultura, y que repose allí mi polvo vano… no en un sitio de horrores y misterios, no en el inmundo pudridero humano, no en el medroso y triste cementerio humilde allí reclinaré mi frente, sin ostentación piedra tumularia sin inscripción que mi modestia afrente, y en el olvido clemente bajo esa cruz musgosa y solitaria, nadie al rumor del céfiro que zumba venga a fingirme, hipócrita, dolores el alba llorará sobre mi tumba y el verde abril la cubrirá de flores.-

Oscurece completamente el cubículo radial y se ilumina la siguiente escena en tarima. La última parte de la obra no integrará el cine.

***

PARTE IV

XX. Camila se indigna

Emil   aparece en el cementerio del escenario, arreglando su imaginación. Escribe la siguiente escena. Es un día cualquiera, como cualquier otro día. El cementerio está desolado. Camila, está sola en el muro, cantando frente al mar, de espaldas al cementerio. De trasfondo unas personas llevan flores a las tumbas, el deambulante. Su canto se ahoga con voces regañadientes a sus espaldas. Se voltea y ve a una mujer viva pegarle a su hijo. Salta del muro decidida a intervenir. Detrás de una estatua Cano la intercepta y la detiene.

CANO -¿A dónde crees que vas...?-

Forcejea y se zafa bruscamente, pero se detiene.

-¡No seas presentá, chica! No puedes meterte en las cosas de los vivos. Déjalo pasar...-

A la distancia Camila ve yéndose a la señora, llevándose a empujones al niño. Se resigna y desiste. Se recuesta de una tumba, sin mirarlo, molesta; frustrada.

CAMILA -¿Te volviste idiota, ah? Esa doña, ¿qué se cree, que porque lo parió es su dueña? ¡Pues no! ...sólo quería dejárselo saber... sólo eso...-

Camila se va. Varios muertos que presenciaron la escena se arrinconan juntos y comentan...

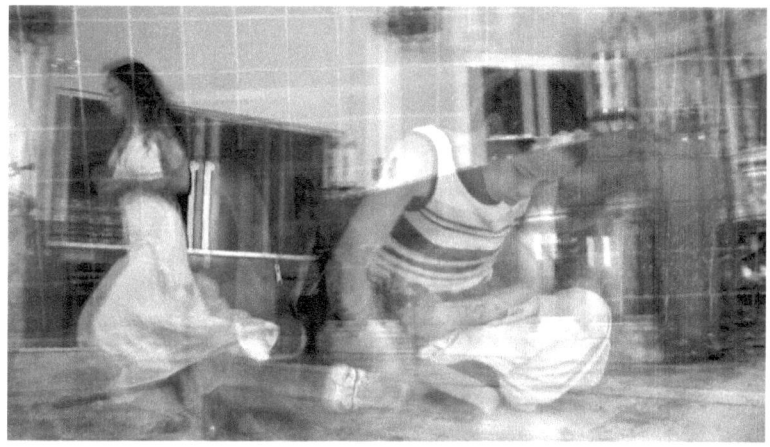

Preocupados por su suerte, algunos muertos sospechan las represalias a las que se arriesga Camila por sus constantes protestas.

MUJER -¿Y si los rumores son ciertos?-

TRAVESTI -Pues está en problemas…-

ANDRÉ -Pero, ¿por qué Camila?-

DEAMBULANTE -Porque guarda un secreto.-

TRAVESTI I -¿Qué dices?-

DEAMBULANTE -Nadie sabe por qué llegó a aquí, y no saber les molesta.-

PROSTITUTA #1-¿No saber qué?-

MUJER -Por qué… murió?-

Con expresión de que todo el mundo sabe.

PROSTITUTA #1-Se suicidó.-

DEAMBULANTE -Sí, pero por qué…-

ANDRÉ -¡No importa!-

TRAVESTI -¡Eso! A mí ni se me hubiese ocurrido preguntar...-

PROSTITUTA #1-A mí tampoco.-

TRAVESTI -¡Pues claro!-

PROSTITUTA #2 -¿Entonces?-

ANDRÉ -¡¿Qué carajo le importa a ellos?!-

DEAMBULANTE -No les importa... Sólo quieren que confiese su secreto...-

ANDRÉ -Pero, ¿por qué?-

DEAMBULANTE -No lo soportan.-

TRAVESTI -¡Presentáos!-

PROSTITUTA #2 -Pero... ¿alguno de ustedes sabe cuál es su secreto?-

La miran indignados. Ignoran su pregunta.

-Digo… sólo preguntaba…-

Vuelven al tema.

MUJER -Las paredes hablan… sé que cuando los muertos se molestan con otro muerto lo encierran en una tumba aislada y lo condenan a seguir encerrado la eternidad…-

ANDRÉ - Como los vivos…-

TRAVESTI -¿Cómo sabes?-

MUJER -Me lo dijo mi sombra.-
DEAMBULANTE - Tiene razón. Lo fuerzan a beber un veneno y lo hacen morir otra muerte…-

TRAVESTI -Rumores.-

MUJER -¡No! Es verdad… recuerdo algo así. Un veneno…-

DEAMBULANTE -…sangre de algún vivo…-

TRAVESTI -Eso es ridículo, parece sacao de una película barata.-

DEAMBULANTE -Es verdad, es ridículo… pero yo, que todavía no estoy tan muerto, he escuchado esa historia antes… Sangre de quien no haya pecado jamás en su vida, porque sólo quien tiene el alma limpia de todo pecado su sangre será veneno mortal para la vida… incluso la de un muerto.-

Riéndose burlonamente.

TRAVESTI -Sí, tan real como el sudor de un vanidoso…-

PROSTITUTA #1 -…o las lágrimas compasivas de un rico.-

ANDRÉ -Cuentos, cuentos de cementerio…-

DEAMBULANTE -¿Acaso no somos todos cuentos, nacidos con cuentos… hasta nuestros huesos enterrados con cuentos?-[1]

MUJER -¿Pero, acaso existe alguien que no haya pecado jamás?-

Se ven mirar a lo lejos los demás muertos, confabulando y señalándolos.

ANDRÉ -Los muertos de este cementerio han traído a su muerte las manías de cuando eran vivos…-

TRAVESTI -…y sus malas mañas y las intolerancias de sus prejuicios…-

DEAMBULANTE -La niña…-

---

[1] Esta frase hace alusión a un poema de León Felipe.

ANDRÉ -Camila.-

DEAMBULANTE -…es irreverente, como sólo podría ser quien tiene un espíritu libre y vuela alado por los sentimientos más nobles.-

PROSTITUTA #2 -Oye, déjate de poesías mijo, que esto va en serio…-

ANDRÉ -Es terca, demasiado terca...-

PROSTITUTA #1 -Creo que después de todo las muertas tenemos también por qué temer..-

Llega Cano. Se recuesta de la pared. Escucha, sin mirar a nadie.

TRAVESTI -Sí, por nuestras propias muertes, coño, por nuestras propias muertes...-

DEAMBULANTE -Que los vivos no respeten a sus muertos es cosa de todos los días, pero que los muertos no se respeten entre ellos mismos...-

TRAVESTI -¿Qué vas a decir, viejo loco? ¿Que debemos respetar a esos cabrones sólo porque están muertos? ¿Y nosotras qué, acaso no estamos tan muertas como ellos?-

MUJER -Es verdad-

PROSTITUTA #1 -Por mi parte que se vayan a la mierda. La niña tiene razón...-

La conversación se interrumpe cuando escuchan la voz de Camila alterada, gritando desde lejos, acercándose.

CAMILA -¡Déjenme en paz!... ¡Que me dejen en paz!!!-

Pasa corriendo por el lado de André y los amigos muertos. No los ve. Nadie hace nada.

MUJER -Es una mujer valiente.-

DEAMBULANTE -Pero no sabe cuándo callar. Cree que tiene la eternidad por delante y ya no respeta el silencio...-

TRAVESTI -Es que quizá tiene razón.-

ANDRÉ -Es verdad. Ella dice que aún en la muerte hay demasiadas cosas que deberían cambiar...-

Para sí.

-Quizá soy yo quien debería cambiar...-

Un personaje-estatua lee las cartas a Camila. Una niña pequeña, Mariana, le asiste.

BARLOMÉ -¡Camila!-

Lo mira sorprendida, extrañada. Se le acerca. André queda atrás mirándola extrañado también y se mueve a alcanzarla. Barlomé permanece callado, mirándola seriamente. Ella decide responderle.

CAMILA -Lo siento señor, pero de verdad no creo en esas tonterías, así que ahórrese su tiempo, que conmigo no va eso...-

ANDRÉ -Vamos, anímate, es sólo un juego. Vamos a ver qué tiene que decirte, a ver qué se inventa... ¿qué tienes que perder?-

CAMILA -Es que no me gustan las estupideces místicas...-

Se le acerca al oído y le susurra secretamente.

-No puedo creer que hasta después de muertos sigan cogiendo de pendeja a la gente (...) metiéndole tanta mierda en la cabeza...-

BARLOMÉ -Camila, acércate...-

Para sí, murmura...

CAMILA -A la verdad es que quien nació pa' joder, coño, cuando se muere sigue jodiendo, ¿ah?...-

ANDRÉ -Dale chica, ¿no te interesa saber cómo sabe tu nombre?-

CAMILA -*(A André)* Bueno, es verdad, no tengo nada que perder. *(A Barlomé)* Bueno, está bien, a ver, ¿qué quiere que haga?-

Con voz misteriosa, como quien quiere asustar a un niño.

BARLOMÉ -Me llamo Barlomé. Sentí que tu llegada era un mal augurio entre los muertos...-

Se cruza de brazos en postura desafiante, atendiéndolo con mirada fija y gestos impacientes. Mientras, Barlomé levanta para sí unas cartas que ya tenía echadas.

-No hubo confesión. Guardas un secreto…-

CAMILA -Ajá!?-

BARLOMÉ -…creíste tu silencio una tumba en la que podías descansar en paz, pues te equivocas!-

Lo interrumpe molesta.

CAMILA -¿Qué? ¿Usted también me va a venir con esos cuentos?-

Se acerca al oído de André y le murmura molesta.

-Acabo e llegar y ya viene este necio a reprocharme... qué cojó…-

André interviene antes de que termine su palabra.

136

ANDRÉ -Déjalo terminar su juego, a ver qué se inventa...-

CAMILA -¡Bah!-

La pequeña sin mirar a nadie ni decir nada, tímida o intimidada, le trae un cofre antiguo a Barlomé. Camila la observa extrañada, interesada.

CAMILA -Oye, pequeña, ven acá, ¿cómo te llamas?...-

BARLOMÉ -¡Mariana!... no te atrevas!!!-

La niña baja la cabeza y se pierde tras la tumba. Se asoma tímidamente de vez en vez, a escondidas de Barlomé, buscando la atención de Camila. André aguanta a Camila para que no diga nada. Barlomé lee las cartas. Camila se acerca a la mesa de mala gana, arisca. André se queda más atrás.

BARLOMÉ -Esta carta es la Muerte: abandona tu arrogancia, niña. Vive la miseria de tu muerte con humildad y resignación.-

Camila se vuelve a André, lo toma del brazo y se lo pega para decirle un secreto, pero en voz alta. Burlonamente interrumpe la lectura de su suerte.

CAMILA -¿Ya ves? ¡El tipo es un imbécil! Te lo dije, sólo sabe meterse en la vida e los demás pa' decirle idioteces...-

André la vira nuevamente hacia Barlomé, acallándola con una torpe discreción. Barlomé recoge, barajea y vuelve a sacar tres cartas.

BARLOMÉ -Arrogancia. Quizás te parezca que esto que te digo son vejeces o estupideces, pero tu suerte no será más… ¡Lengua de serpiente…!-

Camila se acerca al oído de André nuevamente.

CAMILA -Mira quién lo dice...-

André le aprieta el brazo para aquietarla.

BARLOMÉ -…no eres nada humilde, ni cedes a los males: antes quieres sobre los presentes, traerte otros.-

Segunda carta.

-Silencio. La Muerte no tolera secretos… ¡Libérate! Aprovecha mis lecciones y no tendrás qué lamentar.[2] ¡Confiesa!-

CAMILA -¿De qué carajo está hablando este tipo…?-

Tercera carta.

BARLOMÉ -Muerte. …recuerda que es ella la reina y es de mano dura, por nada sujeta a dar razón de sus obras…-

Emil aparece en la oficina de Mr.$. #9.

EMIL -Camila se postra desafiante. André permanece atento, callado, como si sintiera o presintiera que ya no se trata de un juego, que en

---

[2]Partes del texto de Barlomé son adaptaciones del diálogo entre Océano y Prometeo en la obra de Esquilo, *Prometeo encadenado.*

sus palabras hay algo de la seriedad de una advertencia… de una amenaza…-

***

Reacciona indignada a las palabras amenazantes de Barlomé.

CAMILA -¿Sabe a dónde puede irse, verdad? Al mismísimo cara…-

Barlomé altera su carácter y la interrumpe con voz amenazante y con coraje.

BARLOMÉ -¡Tú, aquiétate! y no seas demasiado atrevida de lengua… ¿No sabes que la Muerte tiene sus propios castigos para acallar las lenguas arrogantes y sueltas de sus muertos?-

Trata de interrogarlo mientras él, ignorándola, empieza a recoger sus cosas.

CAMILA -¿Qué? ¿Ahora también me va a amenazar? ¿Qué quiere, ah? ¿Que me trague la lengua?-

Barlomé termina de recoger sus cosas.

***

EMIL -Barlomé deja lo dicho grabado en la piedra de su silencio, como esfinge en una antigua tragedia griega, un acertijo a descifrar que la anuncia sin dar respuesta.-

***

Camila insiste.

CAMILA -Oiga, mire, le estoy hablando. ¿No piensa decir nada?...-

Le trata de coger el brazo para que la atienda y él se zafa bruscamente y la detiene con una mirada fulminante, que de cierto modo la intimida y aquieta. Insiste, pero ahora apaciguada.

-Mire, ¿está sordo? Oiga, que le estoy hablando...-

André la fuerza a alejarse...Oscurece la escena. Pasa el tiempo.

XXIII. La decadencia del cementerio

Camila discute con los muertos. André la mira de lejos. Ella se mueve hacia él, sin percatarse de su presencia. André la mira y con la mirada dice todo...

CAMILA -No André. No voy a callarme.-

ANDRÉ -Pero mujer...-

CAMILA -¿Ahora soy mujer, verdad? No André, sigo siendo una niña, y seguiré siéndolo... ¡Me niego! ¡No me voy a callar!

-Demasiado callé cuando estaba viva y mírame, aquí estoy... con tanto que decir... que hacer... ¡No! Me niego a seguir aguantando tanta mierda...-

Con carácter fuerte y determinada.

-En esta ciudá...-

Rectifica.

-...cementerio, ¡las cosas van a cambiar!-

André baja la cabeza con un gesto de resignación, pero sin ocultar su molestia...

ANDRÉ -¿Sabes que te están velando?-

CAMILA -¡Ja! Pues ya se les hizo tarde pa' eso, ¿no crees?-

Impacientándose.

ANDRÉ -Te están buscando.-

CAMILA -Que yo sepa no estoy perdida.-

ANDRÉ -¡Jódete!-

Hace aguaje de irse pero a la voz de Camila se detiene.

CAMILA -Es que no tengo por qué esconderme, ¿o sí?-

ANDRÉ -Tú sabrás...-

CAMILA -No sé nada de nada, acaba y dime si tienes algo que decir...-

ANDRÉ -¿Sabes que dicen que los muertos también aprendieron a matar?-

CAMILA -Sí ¿y? Cuentos de cementerio, boberías de...-

ANDRÉ -¡Ya!-

Mofándose.

CAMILA -¿Qué? ¿Te has puesto serio tú ahora, mijo? Gózate la muerte, chico... tú mismo me lo dijiste, que de aquí no vamos pa' ningún lao... y nadie nos espera más allá... No me digas que te tragaste los cuentos?!

ANDRÉ -¿Puedes escucharme un segundo, por favor...-

Molesta, hastiada.

CAMILA -¡No! Escúchame tú a mí: estoy cansada, ¿me oyes? Demasiada seriedad para la muerte, deja eso pa' los vivos, que son to's unos aburridos...-

Indignado.

ANDRÉ -¿Te estás divirtiendo?-

Arrogantemente.

CAMILA -¿Qué? ¿Por decir lo que pienso a estos comemierdas? Pues seguro que sí. Me gusta restregárselas en sus caras, a ver si de una vez les apesta y dejan de comérsela con tanto gusto...-

ANDRÉ -Pensé que lo hacías por otras razones...-

Cínica, pero mofándose con seriedad.

CAMILA -¿Por qué otras razones, nene? ¿Por la justicia? ¿Por la dignidad de los muertos? Ay, André, tú eres el que nunca creces. Déjale esas cosas a los vivos, pa' que se entretengan en lo que…-

Interrumpe.

ANDRÉ -¿Y por qué lo haces?-

CAMILA -Porque hay cosas que están mal, chico, y no quiero que sigan siendo así (…) ¿Por qué tú crees?-

ANDRÉ -No importa lo que yo crea…-

CAMILA -¿No ves que no hay nada más que esto? Los abusadores siguen siendo abusadores hasta en la muerte…-

Interrumpe.

ANDRÉ -…y los pendejos también.-

No se siente aludida y retoma su línea.

CAMILA -Eso está mal André, ¿no crees?-

***

EMIL (VO) -Una turba de muertos, antorchas, tambores; las caras pintadas para un carnaval de linchamiento. Los buscan…-

-André se da cuenta. No pudo convencerla. Baja el tono y le habla con ternura, como si presintiera que serán las últimas palabras a decir.-

***

ANDRÉ -Camila… soy tu amigo…-

Están siendo acorralados. André se despide con un beso amigo. Ella no sabe por qué.

144

Camila -Será...-

André la toma de la mano y se le acerca para decirle un secreto. Ella mira a todos lados, confundida y algo nerviosa. Se da cuenta que corre peligro. Mariana le hace señas para indicarle por dónde escapar. André la empuja hacia ella y se queda solo. Lo apresan.

XXIV. El encierro de André

André es llevado por la fuerza a la tumba solitaria por ayudar a Camila.

CAMILA -¿Mariana? ¿Eres tú? ¿Qué haces aquí, sola?-

De entre sombras salen los muertos amigos de André. Están en un viejo mausoleo abandonado. Se escuchan voces pasando, pisadas corriendo, griterías que no se entienden. Buscan a Camila.

MUJER -No está sola. No desde que yo la tomé...-

CAMILA -Pero, ¿cómo? ¿Por qué?...-

MUJER -Barlomé es un canalla...-

CAMILA -Ya me lo imaginaba...-

TRAVESTI -La pobrecita, no ha dicho ni una sola palabra desde que llegó aquí....-

CAMILA -André no ha hecho na' (...) él no se mete con nadie, nunca se mete con nadie...-

DEAMBULANTE -Traición, Camila, por traición.-

CAMILA -¿De qué hablas? ¿Traición a quién?-

MUJER -A los viejos, a sus cosas, a sus temores...-

PROSTITUTA #1 -...a sus prejuicios...-

DEAMBULANTE -...a sus silencios...-

Descarga de tambores para el ritual de linchamiento. Sombras corriendo, voces ininteligibles, griterías de fiesta. Mariana habla por primera y única vez.

MARIANA -Lo van a matar...-

Sorprendidos, la miran. Se ilumina la escena de André.

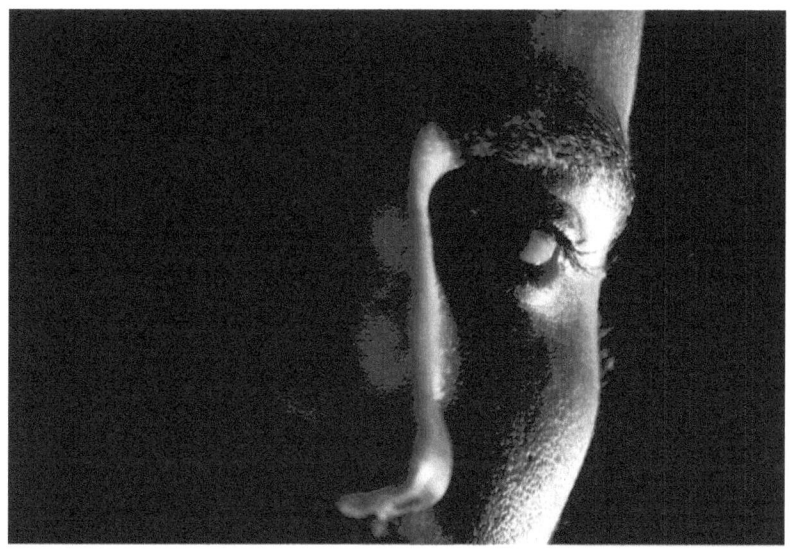

André aparece atado a un poste resguardado por una inmensa estatua de ángel. La música de tambores ocupa el espacio. Se escucha bullicio, gritería, algarabía... bulla. Muertos festejan y se preparan para celebrar el juicio de muerte. Eso les entretiene. Los muertos estarán pintados como en los carnavales, representando la muerte.

ANDRÉ -Han venido de todas partes, de todos los cementerios han traído las almas podridas de sus muertes. Bailan para ella (...) cantan para ella...-

***

EMIL -La muchedumbre baila alborotada, gritándole insultos sin sentido... como si tuvieran razón de más para odiarlo... Le tiran lo que encuentran a mano, como si quisieran desquitarse de algo... aunque no sepan por qué... Es un odio absurdo, exagerado y sin sentido lo que se representa. Actúan como manada de fieras hambrientas, como rebaño salvaje... con la crueldad sádica de los soldados en guerra... en cualquier guerra... -

***

Atado al pie de la esfinge, que lo vigila con espada en mano.

ANDRÉ -Parecen odiarme, tenerme rencor... sin razón. Les divierte este espectáculo, nada más. ¡Hipócritas! Me asquean los muertos. Se parecen demasiado a los vivos. (...) Les entretienen sus miserias; adoran sus vergüenzas y veneran sus propios hastíos.... Parecen extrañar esa parte de su humanidad perdida, que era la más perversa de todas: quieren sentir que pueden dañar todavía, que pueden dolerle todavía hasta a sus propios muertos...-

Baja la cabeza y cierra los ojos. Oscurece la escena. Se escuchan más de cerca los tambores y los murmullos, las griterías, los insultos. Los muertos están cada vez más cerca a André. Siguen insultándolo y burlándose, sin razón ni sentido.

-Quieren divertirse esta noche y nada más... y me van a usar a mí pa' eso... la crueldad, es el libreto que todos gustan actuar...-

Vuelve su mirada al muro que da a la playa. Mira al mar, con melancolía. Se han arremolinado a su alrededor. Empieza el ritual de muerte. Un predicador hará de juez, lo acusará y sentenciará. Mientras, los muertos siguen vociferando contra él. André no los mira, deja su mirada divagando el horizonte.

XXVI. Muerte de André

Camila y Mariana se cuelan entre la turba de muertos. Camila lleva un manto sobre la cabeza que le cubre el rostro. Se acerca a André sin mirarlo. Mariana está a su lado, tomada de la mano y mirándolo callada, sin expresión. La voz fuerte y gritada del predicador se viene oyendo a lo lejos, ininteligiblemente, hasta que empieza a entenderse con claridad...

PREDICADOR -...y Dios maldijo a los hijos del pecado en la carne de Satanás...-

Se escuchan voces respondiendo a favor de las maldiciones del predicador. La voz de André entra y sale opacando y siendo opacada por la voz del predicador. André se resigna...

ANDRÉ (VO) -No me arrepiento de mi suerte. No debe haber otro infierno igual a donde iré a parar...-

PREDICADOR -...y temblarán pecadores ante la ira de Dios y sus dientes crujirán en las calderas del infierno...-

ANDRÉ (VO) -Me pregunto si Dios en verdad nos mira (...) y se burla en silencio, sentado allá arriba, en su gran silla y nada más...-

PREDICADOR -...arrepiéntete pecador, ruega perdón al Señor para que seas salvo en su reino, allá en el cielo...-

El predicador se le acerca y André lo mira con una sonrisa burlona, desafiante pero nerviosa. Todos mantienen los ánimos caldeados. Piden su muerte. André baja la cabeza.

ANDRÉ (VO) -Camila tenía razón. ¡Comemierdas!-

Las estatuas-mimo se la levantan. Mira fijamente al predicador y le grita a la multitud.

-¡Hipócritas!... ¡Cobard...-

Las estatuas-mimo le tapan la boca y no permiten terminar su grito. El predicador moja la punta de sus dedos con el elixir mortal y rosa los labios de André. Muere.

PREDICADOR -Oremos en silencio, hermanos, por el alma perdida de este pecador...-

Emil aparece en la oficina del último Mr.($), el noveno.

150

EMIL -Un silencio sepulcral arropa el lugar. No hay razón ni sentido para el silencio. Sólo que todos callan a la vez. Es el dramatismo de sus hipocresías. Les divierte callar todos de vez.-

Algunos se mueven como si tuvieran un espíritu sin exorcizar en sus cuerpos. Otros bailan como embobados. Otros han caído de rodillas. Cano sigue en su pared, desentendido, sin mirar a nadie. El deambulante vivo duerme al pie de su tumba. El travesti consuela a la mujer en un abrazo.

-Mariana permanece aguantando su mano, mirándolo fijamente; ida; callada...-

El predicador ha dejado el frasco de veneno cerca de ella.

-...moja sus dedos con el veneno mortal del predicador.-

Camila y los demás la ven con mucha ansiedad pero inmóviles.

-...roza sus labios... y cae muerta a sus pies.-

Los muertos, indiferentes, culminan el ritual de muerte, oran lenguas extrañas y se mueven de modo similar. Camila, con voz desgarradora se impone con una dramática y absurda ironía.

CAMILA -¡Asesinos!!!-

Los muertos se percatan de que ella es ella. La miran y rompen las diversiones de su ritual de muerte. Con ira, pero pausadamente se acercan a ella. Con ánimo desafiante aguarda su captura. La escena oscurece.

***

Emil aparece en la oficina muy entusiasmado actuando su relato. En el cementerio, iluminado tenuemente, siguen los preparativos para ejecutar a Camila. Mientras tanto, interviene Mr.($).

MR.($) #9 -Emil, disculpa que te interrumpa. Me fascina verte tan entusiasmado y... bueno, tan envuelto en tu idea. Pero antes de que continúes, quisiera preguntarte algo, algo que me preocupa un poco...-

EMIL -¿Si?-

MR.($) #9 -¿Para quién escribes? Quiero decir, ¿para qué público haces esta película?-

-Te lo pregunto... porque en la industria del cine, como sabrás, este es un elemento esencial... y no te lo digo porque no te comprenda, ¡Por supuesto que entiendo el mensaje que quieres transmitir!, pero... te pregunto porque me resulta inquietante, en realidad... la mezcla de temas que manipulas, el lenguaje que manejas... las imagines que quieres destacar... no son para un público general...o me equivoco?-

No le deja reaccionar, y sigue su monólogo.

-Yo imagino que ya te habrán advertido otros antes que yo... que te habrán hablado de consideraciones importantes que debes tener en cuenta para realizar este proyecto... esta idea tuya... Como evitar meterte con cuestiones que pudieran herir la sensibilidad de la gente común, que es el público que verá o no tu película… y lo mismo sobre el lenguaje… no porque no lo entienda, porque lo entiendo… pero creo que tienes que tomar en cuenta, y muy seriamente al público espectador… no vaya a ser que haya quien se ofenda o hasta que se te aburra y se te duerma a mitad de película… No porque esté aburrido, sabes que no se trata de eso… sino de conocer al público, de saber lo que quiere, de armonizar entre lo que demandan y lo que tú le ofreces… Y siempre habrá quien no te comprenda… sería ingenuo si no lo reconociera… pero en la industria del cine la incomprensión no es un buen negocio… y nadie invierte en algo que no se entiende… demasiado arriesgado… Además, vas a necesitar actores y actrices de renombre, profesionales… y músicos de verdad, reconocidos… Yo conozco a un buen editor, muy amigo mío por cierto, que podría ayudarte… a un precio razonable… porque la gente tiene que ganarse la vida, tú sabes… ah, y a un guionista, graduado de la universidad y con experiencia… muy bueno de hecho (…) podría hacer varias llamadas ahora mismo…, si te interesa…

(pausa breve)

-…el nombre de tu película… ¿cómo dijiste que se llama?-

Emil, resignado a los repetidos monólogos del no, se levanta y responde secamente.

EMIL -No importa… de verdad, no importa…-

Recoge su guión y se va.

En el cementerio.

EMIL (VO)-Han pasado varias noches. Celebrarán juicio popular por las insolencias de Camila.-

***

PREDICADOR -¡Confiesa de una vez! !Reconoce tu falta, la obscenidad de tu silencio!-

Está atada donde estuvo André. Permanece callada mientras es acusada y emplazada a revelar su secreto. Los muertos corean las sentencias del juez.

PREDICADOR -¡Insolente! ¡Responde a tu falta! ¡Revela tu secreto!... ¡¡¡Confiesa!!!-

Al terminar la sentencia ella levanta la cabeza, lo mira y canta. Canta una canción de niños, burlando la seriedad mortal de los muertos.

CAMILA -Había una vez un lobito bueno,
al que maltrataban todos los corderos...
...había también un príncipe malo,
una bruja hermosa,
y un pirata honrado...-

Los muertos, extrañados e idiotizados con el cántico infantil de Camila.
Voces muy bajas murmuran comentarios incomprensibles. Sigue cantando.

> -Todas esas cosas
>   había una vez…
>   cuando yo soñaba
>   un mundo al revés…-

El predicador desespera y avanza hacia Camila, empapa sus manos con la
pócima maldita y tapa su boca hasta hacerla morir, otra vez. Unos segundos
de silencio. Rumbas encendidas lo rompen, reinician los bailes y todo se
transforma en una gran fiesta de cementerio.

XXVIII. EL PRIMER FINAL

Desde arriba de la muralla André presenció la muerte de Camila. Aguarda con tranquilidad.

> **ANDRÉ** (VO) -Seguirán siendo idiotas aún después de muertos. Si supieran que se muere sólo una vez... -

Al decir "se muere" los muertos susurran:

> **CORO DE MUERTOS** -Se vive…solo una vez-

La escena se oscurece como si fuera el final. Se sigue escuchando el bullicio cada vez más tenue, hasta desaparecer por completo.

XXIX. DE VUELTA AL PRINCIPIO DEL FIN

Emil aparece en su cuarto, escribiendo en su mesita. Acentuadamente indeciso…

> **EMIL** -…al final… El final… se repiten las mismas escenas del principio… pero acortadas. Los personajes de los muertos vuelven a estar en las calles, como si todo hubiera sido un mal sueño…-

> -Un campanario anuncia la hora antes de su muerte (*de Camila*).-

De entre las campanadas una voz de niña se escucha cantando la canción de Camila.

> -André corre desesperadamente hasta llegar al cementerio. No ve a nadie… Suspira aliviado. Por un breve instante siente que todo debió haber sido un sueño, un mal sueño… Pero algo lo intranquiliza. Presiente que algo falta. Vuelve a buscarla con la mirada y la ve, en el instante antes de lanzarse. Esta vez grita su nombre para detenerla.-

***

ANDRÉ -¡Camila!!!-

***

Emil se acuesta en su caucho.

> **EMIL** -El rompimiento de olas sobre el acantilado se traga su grito. Camila no lo escucha… la ve dejarse caer… ¿o no?…-

Se crea la impresión de que es el final, hasta que interviene el Juglar. Se mueve hasta el cuarto de Emil, dormido sobre sus papeles. Toma la última página de su escritorio y la lee al público…

> **JUGLAR** -Emil dejó en suspenso el final de su libreto… Demasiado triste, tal vez. Vaciló en su parecer, y decidió la vida de sus muertos devolver; burlar la tristeza del final y la muerte sonriente, puta muerte sonriente, una vuelta a su envés imaginar…-

Emil se levanta.

> **EMIL** (V.O.) -Algo falta. …el final… No van a entender… Pero, ¡es mi película! El final… ¡el final lo decido yo!-

XXX. LA ÚLTIMA (ES)CENA

Emil se nota animado, decido por su último final. Mira el reloj y advierte que está tarde para su última cita. Mientras recoge sus papeles suena el teléfono. Se escucha la misma música del principio. Ajorado, conversa con su amigo músico….

> **EMIL** -Sí, sí... que tengo cita al fin con otro productor...-

Repite, con variaciones menores, la conversación de la escena introductoria.

> -...no, no sé, de verdad no sé quién es. (...) Sí, me imagino que tiene chavos pa' echar pa'lante esto... Ahora sí, tengo un filin de que le va a gustar... Tiene que gustarle... la película es una buena idea... Que no, te digo que no, es para cine… que a nadie le interesa el Teatro! Ya veremos... les cuento...-

Sale de su apartamento. Es temprano en la noche. Se escuchan sirenas de policías, frenazos y chilladas de carro. Un grito. Disparos. Uno... dos.. Emil sube a escena confundido, asustado. Mira a todas partes.

El cementerio se ilumina tenuemente. También la oficina de Mr.($), que lo está esperando. Se escucha un tercer disparo. Emil está en el centro del escenario. Se muestra más extrañado aún. Se toca la parte de atrás de la cabeza. Se sorprende levemente, sin dramatismo. Su semblante contendrá una

frustración; un desencanto augurado; una desilusión presentida; una resignación a su mala suerte... Se mira la mano, ensangrentada. Cae. Muere.

Todos los actores en el cementerio, y dondequiera que los hubiera, comienzan a recoger sus cosas, a desmontar el escenario, a quitarse el maquillaje; indiferentes. Se van, todos se van de escena. Como si toda vez que no hubiese ya quien los imaginase no tuvieran por qué existir, o acaso, porque ya nadie les contrataría para actuar, cosa que nunca sabremos...

En silencio. Se tumba la iluminación, excepto la de Emil, tirado en la calle. Disminuye lentamente hasta oscurecerse todo el escenario.

Fin

Biografía breve de Gazir Sued

Gazir Sued es profesor e investigador, escritor, periodista, cineasta, fotógrafo y artista gráfico. Obtuvo su doctorado en Filosofía del Derecho, en la Universidad Complutense de Madrid; y su maestría en Sociología en la Universidad de Puerto Rico. Actualmente se desempeña como profesor de Ciencias Sociales en la Facultad de Estudios Generales de la UPR, recinto de Río Piedras. Ha publicado varios libros de teoría crítica (política, jurídica y social); criminología; historia del psicoanálisis e historia de las experimentaciones biomédicas con primates no-humanos, entre otros. Además, ha publicado numerosos artículos y ensayos investigativos sobre temas como la influencia de las religiones en las leyes y políticas de gobierno; la misoginia y la homofobia; la crueldad contra animales; la desobediencia civil, la guerra y los derechos humanos; la violencia penal y carcelaria, la ideología prohibicionista y la cuestión criminal; la educación y la universidad, y otros. Además de la obra teatral y cinematográfica *La última (es)cena*, ha realizado varios cortometrajes y un largometraje, *El lenguaje de la guerra*, presentado en el festival internacional de cine en la Habana, Cuba.

Contacto con el autor:
gazirsued@yahoo.com / gazirsued@gmail.com / https://www.facebook.com/gazir

Libros impresos disponibles en:
http://www.lulu.com/spotlight/Gazir

www.ingramcontent.com/pod-product-compliance
Lightning Source LLC
Chambersburg PA
CBHW051830170626
46807CB00003B/1111